［创造最有价值的阅读］

"阅读力"指导专家委员会

顾　问：朱永新

主　任：曹文轩

成　员：(以姓氏笔画为序)

王土荣	方卫平	朱芒芒	刘克强	杜德林
何立新	张伟忠	张祖庆	周其星	周益民
胡　勤	顾之川	倪文尖	黄华伟	梅子涵
章新其	蒋红森	滕春友		

丛书主编：曹文轩

本书编写人员：吴亚骏

丛书统筹：王晓乐

国家统编语文教科书·名著阅读力养成丛书

想念地坛

◆ 史铁生 著

浙江出版联合集团
浙江文艺出版社

图书在版编目(CIP)数据

想念地坛 / 史铁生著. —杭州：浙江文艺出版社，2018.9
(名著阅读力养成丛书)
ISBN 978-7-5339-5385-0

Ⅰ.①想… Ⅱ.①史… Ⅲ.①散文集—中国—当代 Ⅳ.①I267

中国版本图书馆CIP数据核字(2018)第196442号

责任编辑　陈　潇
装帧设计　吕翡翠
责任校对　唐　娇
责任印制　吴春娟

想念地坛

史铁生　著

出版	浙江文艺出版社
地址	杭州市体育场路347号
邮编	310006
网址	www.zjwycbs.cn
经销	浙江省新华书店集团有限公司
制版	杭州天一图文制作有限公司
印刷	杭州富春印务有限公司
开本	710毫米×1000毫米　1/16
字数	166千字
印张	13.75
插页	2
印数	00001-20000
版次	2018年9月第1版　2018年9月第1次印刷
书号	ISBN 978-7-5339-5385-0
定价	36.00元

版权所有　违者必究
(如有印、装质量问题，请寄承印单位调换)
团购电话：0571-85064309

出版说明

阅读不仅关乎个人的素养和语文教育的水平，也关乎整个社会的风尚和文明的品质。因此，国家统编语文教科书加强了阅读设计，提倡将阅读往课外延拓，倡导1＋X的群文阅读模式，增加了课外阅读的比重。语文学习要建立在广泛的课外阅读的基础上，这既是教材编写的重要理念，也成为越来越多的人的共识。

浙江文艺出版社以文学立社，出名著，出精品，几十年来在古典文学、现当代文学、外国文学、儿童文学等领域积累了大量的资源和优秀的版本。早在2003年起就陆续推出"语文新课标必读丛书"，为中小学生的经典名著阅读助力，深受欢迎。随着国家统编语文教科书的使用，2017年开始，浙文社面向师生做了大量的教材使用调研。在深刻了解阅读教育的实际情况后，秉承国家统编语文教科书的编写精神和教学需求，我们多次邀请并集聚读书界、语文教育界、文学界、出版界等领域的专家把脉会诊，群策群力，为中小学生和老师们精心策划、精心编辑，推出了这套"名著阅读力养成丛书"。

这是一套充分领会国家统编语文教科书的编写精神，围绕阅读，紧扣教材，涵盖小学、初中、高中的名著阅读力养成丛书；不仅强调要读什么，更强调应该怎么读。该丛书由曹文轩先生担纲主编，延请一线教学名师，对入选的每一部作品编写阅读指导方案，阶段不同，阅读指导方案也略有差异，如"专题探究"板块，通过有针对性的阅读方法训练，把教学的目标要求融入到"专题探究"的设置中，熔铸着一线精英名师的教学思想精髓和对阅读的不懈探索。这样，通过阅读力养成训练，可以有方法有步骤地引领学生完成整本书阅读，了解小说、散文、诗歌、戏剧等不同文体的特征，切实有效地提高学生的阅读水平和阅读能力，同时也给老师的教学实践提供一种参照与借鉴。

该丛书紧扣教材要求阅读的书目，收录两类书：一类属于核心书目，如初中语文教材中"名著导读"里的书目、小学语文教材中"快乐读书吧"中的指定书目等；另一类属于拓展书目，指课文后要求阅读的作家作品，这些作品的阅读或帮助学生拓展对所选作家创作的了解，或增加对相应文体的认识和理解，起到拓展视野的作用。

该丛书在版本选用上精益求精。对于名家名著，精挑细选经典权威版本；对于名家选本，追求代表性，或由该领域权威研究者编选，或由作家自己编选；对于外国文学名著，囊括一批资深翻译家的经典译本，如傅雷译《名人传》《欧也妮·葛朗台》、力冈译《猎人笔记》等。由于"五四"白话文运动的发轫与推进，中国现代文学作品在语体上有着鲜明的用语特色，我们在编校中参阅相关文献对少量字词和标点做了适当的修改，尽可能地保留作品的原貌。

该丛书在设计上充分考虑阅读的舒适感和青少年的用眼卫生，尽可能地采用大号字体、米黄纸张，做到版面疏密有致、图书轻重得宜等。所有这些，旨在推出一套真正面向学生、服务学生的青少年版丛书。

培根说："读书足以怡情，足以傅彩，足以长才。"经典名著的影响力是不可估量的，一本好书能够让一个人终身受益。让我们种下阅读的种子，学会阅读，爱上阅读，在阅读中唤起灵性和兴味；让我们在多姿多彩的阅读的花园里，去领略丰美而自由的天地！

浙江文艺出版社

总　序

曹文轩

　　"新课标"以及根据"新课标"编定的国家统一中小学语文教材，有一个重要的理念：语文学习必须建立在广泛的课外阅读基础之上。

　　语文学科与其他学科的重要区别是：其他一些学科的学习有可能在课堂上就得以完成，而对于语文学科来说，课堂学习只不过是其中的一部分，甚至不是最重要的一部分；语文学习的完成须有广泛而有深度的课外阅读做保证——如果没有这一保证，语文学习就不可能实现既定目标。我在有关语文教育和语文教学的各种场合，曾不止一次地说过：课堂并非是语文教学的唯一所在，语文课堂的空间并非只是教室；语文课本是一座山头，若要攻克这座山头，就必须调集其他山头的力量。而这里所说的其他山头，就是指广泛的课外阅读。一本一本书就是一座一座山头，这些山头屯兵百万，只有调集这些力量，语文课本这座山头才可被攻克。一旦涉及语文，语文老师眼前的情景永远应当是：一本语文课本，是由若干其他书重重包围着的。一个语文老师倘若只是看到一本语文教材，以为这本语文教材就是语文教学的全部，那么，要让学生从真正意义上学好语文，几乎是没有希望的。有些很有经验的语文老师往往采取一种看似有点极端的做法，用很短的时间一气完成一本语文教材的教学，而将其余时间交给学生，全部用于课外阅读，大概也就是基于这一理念。

关于这一点，经过这些年的教学实践，加之深入的理性论证，语文界已经基本形成共识。现在的问题是：这所谓的课外阅读，究竟阅读什么样的书？又怎样进行阅读？在形成"语文学习必须建立在广泛的课外阅读基础之上"这一共识之后，摆在语文教育专家、语文教师和学生面前的却是这样一个让人感到十分困惑的问题。

有关部门，只能确定基本的阅读方向，大致划定一个阅读框架，对阅读何种作品给出一个关于品质的界定，却是无法细化，开出一份地道的足可以供一个学生大量阅读的大书单来的。若要拿出这样一份大书单，使学生有足够的选择空间，既可以让他们阅读到最值得阅读的作品，又可避免因阅读的高度雷同化而导致知识和思维高度雷同化现象的发生，则需要动用读书界、语文教育界、文学界、出版界等领域和行业的联合力量。一向有着清晰领先的思维、宏大而又科学的出版理念，并有强大行动力的浙江文艺出版社，成功地组织了各领域的力量，在一份本就经过时间考验的书单基础上，邀请一流的专家学者、作家、有丰富教学经验的语文老师、阅读推广人，根据"新课标"所确定的阅读任务、阅读方向和阅读梯度，给出了一份高水准的阅读书单，并已开始按照这一书单有步骤地出版。

这些年，我们国家上上下下沉思阅读与国家民族强盛之关系，国家将阅读的意义上升到从未有过的高度，无数具有高度责任感的阅读推广人四处奔走游说，并引领人们如何阅读，有关阅读的重大意义已日益深入人心。事实上，广大中小学的课外阅读已经形成气候,并开始常态化,所谓"书香校园"已比比皆是。现在的问题是:阅读虽然蔚然成风,但阅读生态却并不理想,甚至很不理想。这个被商业化浪潮反复冲击的世界,阅读自然也难以幸免。那些纯粹出于商业目的的写作、阅读推广以及和各种利益直接挂钩的某些机构的阅读书目推荐,造成了阅读的极大混乱。许多中小学生手头上阅读的图书质量低下,阅读精力的投放与阅读收益严重不成比例。更严重的情况是,一些学生因为阅读了这些质量低下的图书,导致了天然语感被破坏,语文能力非但没有得到提高,还不断下降。如果这种情况大面积发生,我们还在毫无反思、毫无警觉地泛泛谈课外阅读对语文学习之意义,就可能事与愿违了。现实迫切需要有一份质量上乘、定位精准、真正能够匹配语文教材的阅读书目以及这些图书的高质量出版。

我们必须回到"经典"这个概念上来。

我们可能首先要回答"经典"这个词从何而来。

人们发现,这个世界上的书越来越多了,特别是到了今天,图书出版的门槛大大降低,加之出版在技术上的高度现代化,一本书的出版与竹简时代、活字印刷时代的所谓出版相比,其容易程度简直无法形容。书的汪洋大海正席卷这个星球。然而,人们很清楚地看到一个根本无法回避的事实,那就是:每一个人的生命长度都是有限的,我们根本不可能去阅读所有的图书。于是一个问题很久之前就被提出来了:怎么样才能在有限的生命过程中读到最值得读的书?人们聪明地想到了一个办法:将一些人——一些读书种子——养起来,让他们专门读书,让读书成为他们的事业和职业,然后由"苦读"的他们转身告诉普通的阅读大众,何为值得将宝贵的生命投入于此的上等图书,何为不值得将生命浪费于此的末流图书或是品质恶劣的图书。通过一代一代人漫长而辛劳的摸索，我们终于把握了那些优秀文字的基本品质。这些被认定的图书又经过时间之流的反复洗涤，穿越岁月的风尘，非但没有留下被岁月腐蚀的痕迹，反而越发光彩、青春焕发。于是，我们称它们为"经典"。

  阅读经典是人类找到的一种科学的阅读途径。阅读经典免去了我们生命的虚耗和损伤。我们可以通过对这些图书的阅读，让我们的生命得以充实和扩张。我们在这些文字中逐渐确立了正当的道义观，潜移默化之中培养了高雅的审美情趣，字里行间悲悯情怀的熏陶，使我们不断走向文明，我们的创造力因知识的积累而获得了足够的动力，并因为这些知识正确性，从而保证了创造力都用在人类的福祉上。阅读这些经典所获得的好处，根本无法说尽。而对于广大的中小学生来说，阅读经典无疑也是提高他们语文能力的明智选择。

  这套书，也许不是所有篇章都堪称经典，但它们至少称得上名著，都具有经典性。

2018年7月15日于北京大学

点击名著

关于作者

史铁生(1951—2010),中国当代作家、散文家。他自称"职业是生病,业余在写作",从21岁开始遭受病痛的连续打击,一生都在与疾病做斗争。坎坷的命运让史铁生对苦难有着深刻的理解与思考,他在经受苦难的同时,又通过战胜苦难实现精神的救赎。因此,对于中国文坛而言,史铁生是独特的。

关于内容

史铁生作品的核心主题是对于生命本身的思考:人该怎样看待生命中的苦难。在书中,你可以看到他在灰暗沮丧中的不屈努力,可以看到他实现心灵充盈、灵魂饱满的成长轨迹,可以看到他对人生、对社会、对命运的深邃洞察。他始终以朴素动人的语言讲述自己的命运遭际及思考,包括对母亲的回忆,对世界的祝愿,对爱情的向往,对亲情、友情的赞美,对残疾人的同情,等等。他将生与死的抉择、希望与绝望的彷徨、苦难与幸福的悲怆娓娓道来,用苦难诠释人生的真谛,启迪人们从不幸中体悟人生存在的意义,找寻直面苦难的信心与勇气。

关于特色

《想念地坛》一书,凝结了史铁生宿命般的写作历程。他的热情、他的沉思、他的永不懈怠,都是我们这个时代永不消逝的声音。字里行间凝练的语言、悠远的神思、深沉的吟哦、纯洁的质地不仅仅是对生与死、现实与理想、困境与信仰的关注,更是对生命意义的永恒探索与哲学思辨。从这里走进史铁生的心灵世界,如同进入精神的圣殿,可借以审视自己现实的人生,获得宝贵的精神养分和思想财富。

时间规划

  《想念地坛》分为三辑,共20篇,有的侧重对母亲的追忆,有的侧重对命运的感悟,有的侧重对亲情、友情、爱情的思考。史铁生用朴实无华的语言描述他特殊的生命经历,向人们阐述了深刻的人生哲理。建议同学们用四周的时间完成整本书的阅读。阅读前请结合专题探究的学习任务,制订一个适合自己的阅读计划表。例如:进行"史铁生的语言世界"探究,适合阅读《墙下短记》《老家》《我的梦想》《病隙碎笔(六)(节选)》《我与地坛》《在家者说》等篇目;进行"史铁生的情感世界"探究,适合阅读《我与地坛》《我二十一岁那年》《扶轮问路》《老海棠树》《八子》《看电影》《珊珊》《好运设计》《病隙碎笔(一)(节选)》等篇目;进行"史铁生的精神世界"探究,适合阅读《我与地坛》《故乡的胡同》《想念地坛》《我二十一岁那年》《玩具》《好运设计》《病隙碎笔(一)(节选)》《复杂的必要》等篇目。而第一周适合了解《想念地坛》一书的相关知识,并学习《我与地坛》《合欢树》《故乡的胡同》《秋天的怀念》的批注示范。

【阅读规划任务单】

时间安排	专题规划	
第一周	阅读内容	我阅读的篇目是：
	任务规划	我进行的任务是： 阅读笔记：
第二周	阅读内容	我阅读的篇目是：
	任务规划	我进行的任务是： 阅读笔记：
第三周	阅读内容	我阅读的篇目是：
	任务规划	我进行的任务是： 阅读笔记：
第四周	阅读内容	我阅读的篇目是：
	任务规划	我进行的任务是： 阅读笔记：

专题探究

专题一：史铁生的语言世界

史铁生的散文语言极具特色，他常常用极为平实的文字，将抒情和思辨融为一体，平易且精辟。我们可以联系相关作品，搜集语言素材，用做批注的方法感受和学习史铁生的语言艺术，看看他是如何在朴实无华的表达中寄寓动人真情、深邃哲思和悲怆命运的。同时，可以将好句子辑录成"史铁生语录"，经常揣摩和品味。

◆任务1：做批注

学习《我与地坛》《合欢树》《故乡的胡同》《秋天的怀念》中对散文语言的批注，选择《墙下短记》《老家》《我的梦想》《老海棠树》等文章中的散文语言做批注。

◆任务2：理表格

史铁生的散文语言颇有特色：口语词汇俯拾皆是，拉近距离；巧妙句式饱含哲理，引人思索；大量修辞富有内涵，传情达意。根据《阅读测评》中的学习提示，运用表格的方式搜集、整理史铁生散文语言素材，感受史铁生散文语言的美。

◆任务3：辑语录

史铁生的字里行间有着饱经沧桑之后的淡然和超脱，有着不懈思考后的沉思与感悟，也有着语言艺术的意蕴和美感。请根据《阅读测评》

中的提示，将你认为精彩的句子辑录下来吧。

专题二：史铁生的情感世界

　　史铁生曾说："每个人都有孤独和困苦，都希望这个世界上充满着善意和爱情。"苦难中的史铁生是"孤独"的，但他选择用"爱"去超越。请结合相关作品仔细研读，了解史铁生笔下的母爱、友爱、情爱对他的意义；并联系整本书对"母亲"的刻画，进行适当的联想与想象，为"母亲"写一个小传。

◆任务4：做批注

　　学习《合欢树》《秋天的怀念》等文章中对描写母爱的语句的批注，选择《我二十一岁那年》《扶轮问路》《老海棠树》《八子》《看电影》《珊珊》等文章中描写情感的语句做批注。

◆任务5：理表格

　　根据《阅读测评》中的学习提示，运用表格的方式整理史铁生散文中关于母爱、亲情、友情、爱情的相关内容，并仿照示例，结合生活实际，谈谈你的理解。

◆任务6：写小传

　　根据以上两个学习任务的学习，理解史铁生笔下的"母亲"形象，并联系整本书对"母亲"的前后刻画，运用合理的联想与想象，为"母亲"写一个小传。

专题三：史铁生的精神世界

　　史铁生在"最狂妄的年龄上忽地残废了双腿"，但上帝在给予史铁生苦难的同时，也给予了他常人所无法触及的独特感悟，从而使他在困厄中找到了出路，最终实现了自我的超越。阅读中，你可以抓取史铁生在不同篇章中刻画的生命之美，细细品鉴一番。同时，读完本书你一定会获得巨大的启迪，请给史铁生先生写一封信，分享你的收获吧！

◆ **任务7：做批注**

学习《我与地坛》《合欢树》等文章中对涉及人生、命运感悟的语句的批注，选择《故乡的胡同》《想念地坛》《我二十一岁那年》《玩具》《好运设计》《病隙碎笔（一）（节选）》《复杂的必要》等文章中涉及人生、命运感悟的语句做批注。

◆ **任务8：谈感受**

史铁生曾说："当生命以美的形式证明其价值的时候，幸福是享受，痛苦也是享受。"这种"享受"是一种生命的诗意，幸福而美丽。根据《阅读测评》中的学习提示，仿照示例，从文章中找寻诗意瞬间，并根据阅读收获，谈一谈你的理解和感受。

◆ **任务9：写书信**

史铁生的遭遇，可以让我们体会到"坎坷""挫折""磨难"等人生困境；他直面苦难、坚持写作的经历，让我们感受到"信念""目标""梦想""意志"的澎湃伟力；他关于命运的思考和感悟，是对"生死""希望""超越""信仰"的哲学思辨；他留给后人的著作，则是关于"生命意义""精神栖息""人生价值""诗意生活"的命运启迪。读完这本书，你一定有很多的感想和感悟。请选择一至两个角度，给史铁生先生写一封信，将你的收获与他分享。

我与地坛

我与地坛 /003

合欢树 /025

故乡的胡同 /029

想念地坛 /032

我二十一岁那年 /038

扶轮问路 /052

墙下短记 /060

秋天的怀念

秋天的怀念 /071

老海棠树 /073

八子 /077

看电影 /087

老家 /095

珊珊 /103

玩具 /109

在家者说

好运设计 /115

我的梦想 /135

复杂的必要 /139

在家者说 /141

病隙碎笔（一）（节选）/144

病隙碎笔（六）（节选）/173

阅读测评 /194

阅读拓展 /202

我与地坛

我与地坛

一

　　我在好几篇小说中都提到过一座废弃的古园,实际上就是地坛。许多年前旅游业还没有开展,园子荒芜冷落得如同一片野地,很少被人记起。

　　地坛离我家很近。或者说我家离地坛很近。总之,只好认为这是缘分。地坛在我出生前四百多年就坐落在那儿了;而自从我的祖母年轻时带着我父亲来到北京,就一直住在离它不远的地方——五十多年间搬过几次家,可搬来搬去总是在它周围,而且是越搬离它越近了。我常觉得这中间有着宿命的味道:仿佛这古园就是为了等我,而历尽沧桑在那儿等待了四百多年。

　　它等待我出生,然后又等待我活到最狂妄的年龄上忽地残废了双腿。四百多年里,它一面剥蚀了古殿檐头浮夸的琉璃,淡褪了门壁上炫耀的朱红,坍圮了一段段高墙又散落了玉砌雕栏,祭坛四周的老柏树愈见苍幽,到处的野草荒藤也都茂盛得自在坦荡。这时候想必我是该来了。十五年前的一个下午,我摇着轮

> 历经兴衰的地坛与作者的命运相似,顺理成章地成为作者的精神栖息之所。作者把"剥蚀了""淡褪了""坍圮了""散落了"这些谓语动词提前,既强化了一种动作,也让每一句的结尾处充满余韵与力度。

 想念地坛

椅进入园中,它为一个失魂落魄的人把一切都准备好了。那时,太阳循着亘古不变的路途正越来越大,也越红。在满园弥漫的沉静光芒中,一个人更容易看到时间,并看见自己的身影。

自从那个下午我无意中进了这园子,就再没长久地离开过它。我一下子就理解了它的意图,正如我在一篇小说中所说的:"在人口密聚的城市里,有这样一个宁静的去处,像是上帝的苦心安排。"

两条腿残废后的最初几年,我找不到工作,找不到去路,忽然间几乎什么都找不到了,我就摇了轮椅总是到它那儿去,仅为着那儿是可以逃避一个世界的另一个世界。我在那篇小说中写道:"没处可去我便一天到晚耗在这园子里。跟上班下班一样,别人去上班我就摇了轮椅到这儿来。""园子无人看管,上下班时间有些抄近路的人们从园中穿过,园子里活跃一阵,过后便沉寂下来。""园墙在金晃晃的空气中斜切下一溜阴凉,我把轮椅开进去,把椅背放倒,坐着或是躺着,看书或者想事,撅一杈树枝左右拍打,驱赶那些和我一样不明白为什么要来这世上的小昆虫。""蜂儿如一朵小雾稳稳地停在半空;蚂蚁摇头晃脑捋着触须,猛然间想透了什么,转身疾行而去;瓢虫爬得不耐烦了,累了,祈祷一回便支开翅膀,忽悠一下升空了;树干上留着一只蝉蜕,寂寞如一间空屋;露水在草叶上滚动,聚集,压弯了草叶,轰然坠地摔开万道金光。""满园子都是草木竞相生长弄出的响

齐白石 绘

动，窸窸窣窣窸窸窣窣片刻不息。"这都是真实的记录，园子荒芜但并不衰败。

除去几座殿堂我无法进去，除去那座祭坛我不能上去而只能从各个角度张望它，地坛的每一棵树下我都去过，差不多它的每一米草地上都有过我的车轮印。无论是什么季节，什么天气，什么时间，我都在这园子里待过。有时候待一会儿就回家，有时候就待到满地上都亮起月光。记不清都是在它的哪些角落里了，我一连几小时专心致志地想关于死的事，也以同样的耐心和方式想过我为什么要出生。这样想了好几年，最后事情终于弄明白了：一个人，出生了，这就不再是一个可以辩论的问题，而只是上帝交给他的一个事实；上帝在交给我们这件事实的时候，已经顺便保证了它的结果，所以死是一件不必急于求成的事，死是一个必然会降临的节日。这样想过之后我安心多了，眼前的一切不再那么可怕。比如你起早熬夜准备考试的时候，忽然想起有一个长长的假期在前面等待你，你会不会觉得轻松一点儿，并且庆幸并且感激这样的安排？

剩下的就是怎样活的问题了。这却不是在某一个瞬间就能完全想透的，不是能够一次性解决的事，怕是活多久就要想它多久了，就像是伴你终生的魔鬼或恋人。所以，十五年了，我还是总得到那古园里去，去它的老树下或荒草边或颓墙旁，去默坐，去呆想，去推开耳边的嘈杂，理一理纷乱的思绪，去窥看自己的心魂。十五年中，这古园的形体被不能理解它的人

> 荒芜但并不衰败，反而处处、时时都洋溢着生命的律动，跳跃着生命的脉搏。正是这些景象使作者对生活和命运有了深入的感悟与思考，重新树立起生活的信心。

> 作者在遭遇了命运的巨大打击，经历了颓唐怨恨、痛苦悲观、绝望沉沦等情绪后，生出对生死命题的洞察与感悟。这种深邃的洞察与感悟，恰恰是他走出困境的精神力量。当"死"都不可怕了，还有什么不能面对呢？

> 六个"譬如"引出的排比句：作者选择了最主要的地坛景色，抓住重点，寥寥几笔就让读者对地坛有了一个整体印象，语意轻盈。

肆意雕琢，幸好有些东西是任谁也不能改变它的。譬如祭坛石门中的落日，寂静的光辉平铺的一刻，地上的每一个坎坷都被映照得灿烂；譬如在园中最为落寞的时间，一群雨燕便出来高歌，把天地都叫喊得苍凉；譬如冬天雪地上孩子的脚印，总让人猜想他们是谁，曾在那儿做过些什么，然后又都到哪儿去了；譬如那些苍黑的古柏，你忧郁的时候它们镇静地站在那儿，你欣喜的时候它们依然镇静地站在那儿，它们没日没夜地站在那儿从你没有出生一直站到这个世界上又没了你的时候；譬如暴雨骤临园中，激起一阵阵灼烈而清纯的草木和泥土的气味，让人想起无数个夏天的事件；譬如秋风忽至，再有一场早霜，落叶或飘摇歌舞或坦然安卧，满园中播散着熨帖而微苦的味道。味道是最说不清楚的，味道不能写只能闻，要你身临其境去闻才能明了。味道甚至是难于记忆的，只有你又闻到它你才能记起它的全部情感和意蕴。所以我常常要到那园子里去。

二

现在我才想到，当年我总是独自跑到地坛去，曾经给母亲出了一个怎样的难题。

她不是那种光会疼爱儿子而不懂得理解儿子的母亲。她知道我心里的苦闷，知道不该阻止我出去走走，知道我要是老待在家里结果会更糟，但她又担心我一个人在那荒僻的园子里整天都想些什么。我那时脾气坏到极点，经常是发了疯一样地离开家，从那园子里回来又中了魔似的什么话都不说。母亲知道有些事不宜问，便犹犹豫豫地想问而终于不敢问，因为她自己心里也没有答案。她料想我不会愿意她跟我一同去，所以她从未这样要求过，她知道得给我一点儿独处的时间，得有这样一段过程。她只是不知道这过程得要多久，和这过程的尽头究竟是什么。每次我要动身时，她便无言地帮我准备，帮助我上了轮椅车，看着我摇车拐出小院。这以后她会怎样，当年我不曾想过。

有一回我摇车出了小院，想起一件什么事又返身回来，看见母亲仍站在原地，还是送我走时的姿势，望着我拐出小院去的那处墙角，对我的回来竟一时没有反应。待她再次送我出门的时候，她说："出去活动活动，去地坛看看书，我说这挺好。"许多年以后我才渐渐听出，母亲这话实际上是自我安慰，是暗自的祷告，是给我的提示，是恳求与嘱咐。只是在她猝然去世之后，我才有余暇设想，当我不在家里的那些漫长的时间，她是怎样心神不定坐卧难宁，兼着痛苦与惊恐与一个母亲最低限度的祈求。现在我可以断定，以她的聪慧和坚忍，在那些空落的白天后的黑夜，在那不眠的黑夜后的白天，她思来想去最后准是对自己说："反正我不能不让他出去，未来的日子是他自己的，如果他真的要在那园子里出什么事，这苦难也只好我来承担。"在那段日子里——那是好几年长的一段日子呵，我想我一定使母亲做过最坏的准备了，但她从来没有对我说过："你为我想想。"事实上

父母总为孩子着想，而孩子却很少对父母的爱给予理解，字里行间饱含着作者的愧疚之情。作者以假想的方法阐述母爱，引起读者内心的情感共鸣。

我也真的没为她想过。那时她的儿子还太年轻,还来不及为母亲想,他被命运击昏了头,一心以为自己是世上最不幸的一个,不知道儿子的不幸在母亲那儿总是要加倍的。她有一个长到二十岁上忽然截瘫了的儿子,这是她唯一的儿子;她情愿截瘫的是自己而不是儿子,可这事无法代替。她想,只要儿子能活下去哪怕自己去死呢也行,可她又确信一个人不能仅仅是活着,儿子得有一条路走向自己的幸福,而这条路呢,没有谁能保证她的儿子终于能找到——这样一个母亲,注定是活得最苦的母亲。

有一次与一个作家朋友聊天,我问他学写作的最初动机是什么。他想了一会儿说:"为我母亲。为了让她骄傲。"我心里一惊,良久无言。回想自己最初写小说的动机,虽不似这位朋友的那般单纯,但如他一样的愿望我也有,且一经细想,发现这愿望也在全部动机中占了很大比重。这位朋友说:"我的动机太低俗了吧?"我光是摇头,心想低俗并不见得低俗,只怕是这愿望过于天真了。他又说:"我那时真就是想出名,出了名让别人羡慕我母亲。"我想,他比我坦率。我想,他又比我幸福,因为他的母亲还活着。而且我想,他的母亲也比我的母亲运气好,他的母亲没有一个双腿残废的儿子,否则事情就不这么简单。

在我的头一篇小说发表的时候,在我的小说第一次获奖的那些日子里,我真是多么希望我的母亲还活着。我便又不能在家里待了,又整天整天独自跑到地坛去,心里是没头没尾的沉郁和哀怨,走遍整个园子却怎么也想不通:母亲为什么就不能再多活两年?为什么在她的儿子就快要碰撞开一条路的时候,她却忽然熬不住了?莫非她来此世上只是为了替儿子担忧,却不该分享我的一点点快乐?她匆匆离我而去时才只有四十九岁呀!有那么一会儿,我甚至对世界对上帝充满了仇恨和厌恶。后来我在一篇题为"合欢树"的文章中写道:"坐在小公园安静的树林里,我闭上眼睛,想:上帝为什么早早地召母亲回去呢?很久很久,迷迷糊糊地,我听见了回答:'她心里太苦了。上帝看她受不住了,就召她回去。'我似乎得到一点儿安慰,睁开眼睛,看见风正从树林里穿过。"小公园,指的也是地坛。

只是到了这时候,纷纭的往事才在我眼前幻现得清晰,母亲的苦难与伟大才在我心中渗透得深彻。上帝的考虑,也许是对的。

摇着轮椅在园中慢慢走,又是雾罩的清晨,又是骄阳高悬的白昼,我只想着一件事:母亲已经不在了。在老柏树旁停下,在草地上在颓墙边停下,又是处处虫鸣的午后,又是鸟儿归巢的傍晚,我心里只默念着一句话:可是母亲已经不在了。把椅背放倒,躺下,似睡非睡挨到日没,坐起来,心神恍惚,呆呆地直坐到古祭坛上落满黑暗然后再渐渐浮起月光,心里才有点明白,母亲不能再来这园中找我了。

曾有过好多回,我在这园子里待得太久了,母亲就来找我。她来找我又不想让我发觉,只要见我还好好地在这园子里,她就悄悄转身回去;我看见过几次她的背影。我也看见过几回她四处张望的情景,她视力不好,端着眼镜像在寻找海上的一条船。她没看见我时我已经看见她了,待我看见她也看见我了我就不去看她,过一会儿我再抬头看她就又看见她缓缓离去的背影。我单是无法知道有多少回她没有找到我。有一回我坐在矮树丛中,树丛很密,我看见她没有找到

> 作者一再强调"母亲已经不在了""可是母亲已经不在了""母亲不能再来这园中找我了",回环往复、一下一下地敲击着作者与读者的心,强化了作者内心的愧疚、悔恨与悲伤之情。

我。她一个人在园子里走,走过我的身旁,走过我经常待的一些地方,步履茫然又急迫。我不知道她已经找了多久还要找多久,我不知道为什么我决意不喊她——但这绝不是小时候的捉迷藏,这也许是出于长大了的男孩子的倔强或羞涩?但这倔强只留给我痛悔,丝毫也没有骄傲。我真想告诫所有长大了的男孩子,千万不要跟母亲来这套倔强,羞涩就更不必,我已经懂了可我已经来不及了。

儿子想使母亲骄傲,这心情毕竟是太真实了,以至使"想出名"这一声名狼藉的念头也多少改变了一点儿形象。这是个复杂的问题,且不去管它了罢。随着小说获奖的激动逐日暗淡,我开始相信,至少有一点我是想错了:我用纸笔在报刊上碰撞开的一条路,并不就是母亲盼望我找到的那条路。年年月月我都到这园子里来,年年月月我都要想,母亲盼望我找到的那条路到底是什么。母亲生前没给我留下过什么隽永的哲言,或要我恪守的教诲,只是在她去世之后,她艰难的命运、坚忍的意志和毫不张扬的爱,随光阴流转,在我的印象中愈加鲜明深刻。

有一年,十月的风又翻动起安详的落叶,我在园中读书,听见两个散步的老人说:"没想到这园子有这么大。"我放下书,想,这么大一座园子,要在其中找到她的儿子,母亲走过了多少焦灼的路。多年来我头一次意识到,这园中不单是处处都有过我的车辙,有过我的车辙的地方也都有过母亲的脚印。

三

如果以一天中的时间来对应四季,当然春天是早晨,夏天是中午,秋天是黄昏,冬天是夜晚。如果以乐器来对应四季,我想春天应该是小号,夏天是定音鼓,秋天是大提琴,冬天是圆号和长笛。

我与地坛

要是以这园子里的声响来对应四季呢？那么，春天是祭坛上空飘浮着的鸽子的哨音，夏天是冗长的蝉歌和杨树叶子哗啦啦地对蝉歌的取笑，秋天是古殿檐头的风铃响，冬天是啄木鸟随意而空旷的啄木声。以园中的景物对应四季，春天是一径时而苍白时而黑润的小路，时而明朗时而阴晦的天上摇荡着串串杨花；夏天是一条条耀眼而灼人的石凳，或阴凉而爬满了青苔的石阶，阶下有果皮，阶上有半张被坐皱的报纸；秋天是一座青铜的大钟，在园子的西北角上曾丢弃着一座很大的铜钟，铜钟与这园子一般年纪，浑身挂满绿锈，文字已不清晰；冬天，是林中空地上几只羽毛蓬松的老麻雀。以心绪对应四季呢？春天是卧病的季节，否则人们不易发觉春天的残忍与渴望；夏天，情人们应该在这个季节里失恋，不然就似乎对不起爱情；秋天是从外面买一棵盆花回家的时候，把花搁在阔别了的家中，并且打开窗户把阳光也放进屋里，慢慢回忆慢慢整理一些发过霉的东西；冬天伴着火炉和书，一遍遍坚定不死的决心，写一些并不发出的信。还可以用艺术形式对应四季，这样春天就是一幅画，夏天是一部长篇小说，秋天是一首短歌或诗，冬天是一群雕塑。以梦呢？以梦对应四季呢？春天是树尖上的呼喊，夏天是呼喊中的细雨，秋天是细雨中的土地，冬天是干净的土地上一只孤零的烟斗。

因为这园子，我常感恩于自己的命运。

我甚至现在就能清楚地看见，一旦有一天我不得不长久地离开它，我会怎样想念它，我会怎样想念它

> 一天中的时间、乐器、园中声响、园子景物、心绪、艺术形式、梦等对应"四季"。作者用这些具象的、可感的事物去比喻抽象的、看不见摸不着的时间，"四季"因此变得清晰而生动，充满了灵性和情味。

并且梦见它，我会怎样因为不敢想念它而梦也梦不到它。

四

现在让我想想，十五年中坚持到这园子来的人都是谁呢？好像只剩了我和一对老人。

十五年前，这对老人还只能算是中年夫妇，我则货真价实还是个青年。他们总是在薄暮时分来园中散步，我不大弄得清他们是从哪边的园门进来，一般来说他们是逆时针绕这园子走。男人个子很高，肩宽腿长，走起路来目不斜视，胯以上直至脖颈挺直不动；他的妻子攀了他一条胳膊走，也不能使他的上身稍有松懈。女人个子却矮，也不算漂亮，我无端地相信她必出身于家道中衰的名门富族；她攀在丈夫胳膊上像个娇弱的孩子，她向四周观望似总含着恐惧，她轻声与丈夫谈话，见有人走近就立刻怯怯地收住话头。我有时因为他们而想起冉阿让与珂赛特，但这想法并不巩固，他们一望即知是老夫老妻。两个人的穿着都算得上考究，但由于时代的演进，他们的服饰又可以称为古朴了。他们和我一样，到这园子里来几乎是风雨无阻，不过他们比我守时。我什么时间都可能来，他们则一定是在暮色初临的时候。刮风时他们穿了米色风衣，下雨时他们打了黑色的雨伞，夏天他们的衬衫是白色的裤子是黑色的或米色的，冬天他们的呢子大衣又都是黑色的，想必他们只喜欢这三种颜色。他们逆时针绕这园子一周，然后离去。他们走过我身旁时只有男人的脚步响，女人像是贴在高大的丈夫身上跟着漂移。我相信他们一定对我有印象，但是我们没有说过话，我们互相都没有想要接近的表示。十五年中，他们或许注意到一个小伙子进入了中年，我则看着一对令人羡慕的中年情侣不觉中成了两个老人。

曾有过一个热爱唱歌的小伙子，他也是每天都到这园中来，来唱歌，唱了好多年，后来不见了。他的年纪与我相仿，他多半是早晨来，唱半小时或整整唱一个上午，估计在另外的时间里他还得上班。我们经常在祭坛东侧的小路上相遇，我知道他是到东南角的高墙下去唱歌，他一定猜想我去东北角的树林里做什么。我找到我的地方，抽几口烟，便听见他谨慎地整理歌喉了。他反反复复唱那么几首歌。"文化大革命"没过去的时候，他唱"蓝蓝的天上白云飘，白云下面马儿跑……"我老也记不住这歌的名字。"文革"后，他唱《货郎与小姐》中那首最为流传的咏叹调。"卖布——卖布嘞，卖布——卖布嘞！"我记得这开头的一句他唱得很有声势，在早晨清澈的空气中，货郎跑遍园中的每一个角落去恭维小姐。"我交了好运气，我交了好运气，我为幸福唱歌曲……"然后他就一遍一遍地唱，不让货郎的激情稍减。依我听来，他的技术不算精到，在关键的地方常出差错，但他的嗓子是相当不坏的，而且唱一个上午也听不出一点儿疲惫。太阳也不疲惫，把大树的影子缩小成一团，把疏忽大意的蚯蚓晒干在小路上。将近中午，我们又在祭坛东侧相遇，他看一看我，我看一看他，他往北去，我往南去。日子久了，我感到我们都有结识的愿望，但似乎都不知如何开口，于是互相注视一下终又都移开目光擦身而过；这样的次数一多，便更不知如何开口了。终于有一天——一个丝毫没有特点的日子，我们互相点了一下头。他说："你好。"我说："你好。"他说："回去啦？"我说："是，你呢？"他说："我也该回去了。"我们都放慢脚步（其实我是放慢车速），想再多说几句，但仍然是不知从何说起，这样我们就都走过了对方，又都扭转身子面向对方。他说："那就再见吧。"我说："好，再见。"便互相笑笑各走各的路了。但是我们没有再见，那以后，园中再没了他的歌声，我才想到，那天他或许是有意与我道别的,也许他考上哪家专业的文工团或歌舞团了吧?真希望他如他歌里所唱的那样,交了好运气。

还有一些人,我还能想起一些常到这园子里来的人。有一个老头,算得一个真正的饮者。他在腰间挂一个扁瓷瓶,瓶里当然装满了酒,常来这园中消磨午后的时光。他在园中四处游逛,如果你不注意你会以为园中有好几个这样的老头,等你看过了他卓尔不群的饮酒情状,你就会相信这是个独一无二的老头。他的衣着过分随便,走路的姿态也不慎重,走上五六十米路便选定一处地方,一只脚踏在石凳上或土埂上或树墩上,解下腰间的酒瓶,解酒瓶的当儿眯起眼睛把一百八十度视角内的景物细细看一遭,然后以迅雷不及掩耳之势倒一大口酒入肚,把酒瓶摇一摇再挂向腰间,平心静气地想一会儿什么,便走下一个五六十米去。还有一个捕鸟的汉子,那岁月园中人少,鸟却多,他在西北角的树丛中拉一张网,鸟撞在上面,羽毛戗在网眼里便不能自拔。他单等一种过去很多而现在非常罕见的鸟,其他的鸟撞在网上他就把它们摘下来放掉,他说已经有好多年没等到那种罕见的鸟了,他说他再等一年看看到底还有没有那种鸟,结果他又等了好多年。早晨和傍晚,在这园子里可以看见一个中年女工程师,早晨她从北向南穿过这园子去上班,傍晚她从南向北穿过这园子回家。事实上我并不了解她的职业或者学历,但我以为她必是个学理工的知识分子,别样的人很难有她那般的素朴并优雅。当她在园中穿行的时刻,四周的树林也仿佛更加幽静,清淡的日光中竟似有悠远的琴声,比如说是那曲《献给艾丽丝》才好。我没有见过她的丈夫,没有见过那个幸运的男人是什么样子,我想象过却想象不出,后来忽然懂了想象不出才好,那个男人最好不要出现。她走出北门回家去,我竟有点担心,担心她会落入厨房,不过,也许她在厨房里劳作的情景更有另外的美吧,当然不能再是《献给艾丽丝》，是个什么曲子呢？还有一个人，是我的朋友，他是个最有天赋的长跑家，但他被埋没了。他因为在"文革"中出言不慎而坐了几年牢，出来后好不容易找了个拉板车的工作，样样待遇都不能与别人平等，苦闷极了便练习长跑。那时他总来这园子里跑，我用手表为他计时，他每跑一圈向我招一下手，我就记下一个时间。每次他要环绕这园子跑二十圈，大约两万米。他盼望以他的长跑成绩来获得政治上真正的解放，他以为记者的镜头和文字可以帮他做到这一点。第一年他在春节环城赛上跑了第十五名，他看见前十名的照片都挂在了长安街的新闻橱窗里，于是有了信心。第二年他跑了第四名，可是新闻橱窗里只挂了前三名的照片，他没灰心。第三年他跑了第七名，橱窗里挂前六名的照片，他有点怨自己。第四年他跑了第三名，橱窗里却只挂了第一名的照片。第五年他跑了第一名——他几乎绝望了，橱窗里只有一幅环城赛群众场面的照片。那些年我们俩常一起在这园子里待到天黑，开怀痛骂，骂完沉默着回家，分手时再互相叮嘱：先别去死，再试着活一活看。现在他已经不跑了，年岁太大了，跑不了那么快了。最后一次参加环城赛，他以三十八岁之龄又得了第一名并且破了纪录，有一位专业队的教练对他说："我要是十年前发现你就好了。"他苦笑一下什么也没说，只在傍晚又来这园中找到我，把这事平静地向我叙说一遍。不见他已有好几年了，现在他和妻子和儿子住在很远的地方。

　　这些人现在都不到园子里来了，园子里差不多完全换了一批新人。十五年前的旧人，现在就剩我和那对老夫老妻了。有那么一段时间，这老夫老妻中的一个也忽然不来，薄暮时分唯男人独自来散步，步态也明显迟缓了许多，我悬心了很久，怕是那女人出了什么事。幸好过了一个冬天那女人又来了，两个人仍是逆时针绕着园子走，一长一短两个身影恰似钟表的两支指针；女人的头发白了很多，但依旧攀着丈夫的胳膊走得像个孩子。"攀"这个字用得不恰当了，或许可以用"搀"吧，不知有没有兼具这两个意思的字。

五

我也没有忘记一个孩子——一个漂亮而不幸的小姑娘。十五年前的那个下午，我第一次到这园子里来就看见了她，那时她大约三岁，蹲在斋宫西边的小路上捡树上掉落的"小灯笼"。那儿有几棵大栾树，春天开一簇簇细小而稠密的黄花，花落了便结出无数如同三片叶子合抱的小灯笼，小灯笼先是绿色，继而转白，再变黄，成熟了掉落得满地都是。小灯笼精巧得令人爱惜，成年人也不免捡了一个还要捡一个。小姑娘咿咿呀呀地跟自己说着话，一边捡小灯笼。她的嗓音很好，不是她那个年龄所常有的那般尖细，而是很圆润甚或是厚重，也许是因为那个下午园子里太安静了。我奇怪这么小的孩子怎么一个人跑来这园子里。我问她住在哪儿。她随手指一下，就喊她的哥哥。沿墙根一带的茂草之中便站起一个七八岁的男孩，朝我望望，看我不像坏人便对他的妹妹说："我在这儿呢！"又伏下身去，他在捉什么虫子。他捉到螳螂、蚂蚱、知了和蜻蜓，来取悦他的妹妹。有那么两三年，我经常在那几棵大栾树下见到他们，兄妹俩总是在一起玩，玩得和睦融洽，都渐渐长大了些。之后有很多年没见到他们。我想他们都在学校里吧，小姑娘也到了上学的年龄，必是告别了孩提时光，没有很多机会来这儿玩了。这事很正常，没理由太搁在心上，若不是有一年我又在园中见到他们，肯定就会慢慢把他们忘记。

那是个礼拜日的上午。那是个晴朗而令人心碎的上午，时隔多年，我竟发现那个漂亮的小姑娘原来是个弱智的孩子。我摇着车到那几棵大栾树下去,恰又是遍地落满了小灯笼的季节。当时我正为一篇小说的结尾所苦,既不知为什么要给它那样一个结尾,又不知何以忽然不想让它有那样一个结尾,于是从家里跑出来,想依靠着园中的镇静,看看是否应该把那篇小说放弃。我刚刚把车停下,就见前面不远处有几个人在戏耍一个少女,做出怪样子来吓她,又喊又笑地追逐她拦截她。少女在几棵大树间惊惶地东跑西躲,却不松手揪卷在怀里的裙裾,两条腿袒露着也似毫无察觉。我看出少女的智力是有些缺陷,却还没看出她是谁。我正要驱车上前为少女解围,就见远处飞快地骑车来了个小伙子,于是那几个戏耍少女的家伙望风而逃。小伙子把自行车支在少女近旁,怒目望着那几个四散逃窜的家伙,一声不吭喘着粗气,脸色如暴雨前的天空一样一会儿比一会儿苍白。这时我认出了他们,小伙子和少女就是当年那对小兄妹。我几乎是在心里惊叫了一声,或者是哀号。世上的事常常使上帝的居心变得可疑。小伙子向他的妹妹走去。少女松开了手,裙裾随之垂落下来,很多很多她捡的小灯笼便洒落一地,铺散在她脚下。她仍然算得上漂亮,但双眸迟滞没有光彩。她呆呆地望着那群跑散的家伙,望着极目之处的空寂,凭她的智力绝不可能把这个世界想明白吧?大树下,破碎的阳光星星点点,风把遍地的小灯笼吹得滚动,仿佛喑哑地响着的无数小铃铛。哥哥把妹妹扶上自行车后座,带着她无言地回家去了。

　　无言是对的。要是上帝把漂亮和弱智这两样东西都给了这个小姑娘,就只有无言和回家去是对的。

　　谁又能把这世界想个明白呢?世上的很多事是不堪说的。你可以抱怨上帝何以要降诸多苦难给这人间,你也可以为消灭种种苦难而奋斗,并为此享有崇高与骄傲。但只要你再多想一步你就会坠入深深的迷茫了:假如世界上没有了苦难,世界还能够存在吗?要是

> 作者在这里连用五个问句，步步追问，每一个疑问都令人深思。它们不仅是作者的疑问，也是世界带给每一生命个体的疑问。独特的问句使文章富含哲理，具有极强的语言魅力，我们从中能够更好地体悟史铁生对于人生和命运的思考。

没有愚钝，机智还有什么光荣呢？要是没了丑陋，漂亮又怎么维系自己的幸运？要是没有了恶劣和卑下，善良与高尚又将如何界定自己，如何成为美德呢？要是没有了残疾，健全会否因其司空见惯而变得腻烦和乏味呢？我常梦想着在人间彻底消灭残疾，但可以相信，那时将由患病者代替残疾人去承担同样的苦难。如果能够把疾病也全数消灭，那么这份苦难又将由（比如说）相貌丑陋的人去承担了。就算我们连丑陋，连愚昧和卑鄙和一切我们所不喜欢的事物和行为，也都可以统统消灭掉，所有的人都一样健康、漂亮、聪慧、高尚，结果会怎样呢？怕是人间的剧目就全要收场了，一个失去差别的世界将是一潭死水，是一块没有感觉也没有肥力的沙漠。

看来差别永远是要有的。看来就只好接受苦难——人类的全部剧目需要它，存在的本身需要它。看来上帝又一次对了。

于是就有一个最令人绝望的结论等在这里：由谁去充任那些苦难的角色？又由谁去体现这世间的幸福、骄傲和欢乐？只好听凭偶然，是没有道理好讲的。

就命运而言，休论公道。

那么，一切不幸命运的救赎之路在哪里呢？

设若智慧或悟性可以引领我们去找到救赎之路，难道所有的人都能够获得这样的智慧和悟性吗？

我常以为是丑女造就了美人。我常以为是愚氓举出了智者。我常以为是懦夫衬照了英雄。我常以为是众生度化了佛祖。

六

　　设若有一位园神，他一定早已注意到了，这么多年我在这园里坐着，有时候是轻松快乐的，有时候是沉郁苦闷的，有时候优哉游哉，有时候恓惶落寞，有时候平静而且自信，有时候又软弱，又迷茫。其实总共只有三个问题交替着来骚扰我，来陪伴我。第一个是要不要去死，第二个是为什么活，第三个，我干吗要写作。

　　现在让我看看，它们迄今都是怎样编织在一起的吧。

　　你说，你看穿了死是一件无须乎着急去做的事，是一件无论怎样耽搁也不会错过的事，便决定活下去试试？是的，至少这是很关键的因素。为什么要活下去试试呢？好像仅仅是因为不甘心。机会难得，不试白不试，腿反正是完了，一切仿佛都要完了，但死神很守信用，试一试不会额外再有什么损失。说不定倒有额外的好处呢是不是？我说过，这一来我轻松多了，自由多了。为什么要写作呢？"作家"是两个被人看重的字，这谁都知道。为了让那个躲在园子深处坐轮椅的人，有朝一日在别人眼里也稍微有点儿光彩，在众人眼里也能有个位置，哪怕那时再去死呢也就多少说得过去了。开始的时候就是这样想，这不用保密。这些现在不用保密了。

　　我带着本子和笔，到园中找一个最不为人打扰的角落，偷偷地写。那个爱唱歌的小伙子在不远的地方一直唱。要是有人走过来，我就把本子合上把笔叼在嘴里。我怕写不成反落得尴尬。我很要面子。可是你写成了，而且发表了。人家说我写得还不坏，他们甚至说：真没想到你写得这么好。我心说你们没想到的事还多着呢。我确实有整整一宿高兴得没合眼。我很想让那个唱歌的小伙子知道，因为他的歌也毕竟是唱得不错。我告诉我的长跑家朋友的时候，那个中年女工程师正优雅地在园中穿行。长跑家很激动,他说好吧,我玩命跑,你玩命写。这一来你中了魔了,整天都在想哪一件事可以写,哪一个人可以让你写成小说。是中了魔了,我走到哪儿想到哪儿,在人山人海里只寻找小说。要是有一种小说试剂就好了,见人就滴两滴看他是不是一篇小说;要是有一种小说显影液就好了,把它泼满全世界看看都是哪儿有小说。中了魔了,那时我完全是为了写作活着。结果你又发表了几篇,并且出了一点儿小名,可这时你越来越感到恐慌。我忽然觉得自己活得像个人质,刚刚有点像个人了却又过了头,像个人质,被一个什么阴谋抓了来当人质,不定哪天就被处决,不定哪天就完蛋。你担心要不了多久你就会文思枯竭,那样你就又完了。凭什么我总能写出小说来呢?凭什么那些适合做小说的生活素材就总能送到一个截瘫者跟前来呢?人家满世界跑都有枯竭的危险,而我坐在这园子里凭什么可以一篇接一篇地写呢?你又想到死了。我想见好就收吧。当一名人质实在是太累了太紧张了,太朝不保夕了。我为写作而活下来,要是写作到底不是我应该干的事,我想,我再活下去是不是太冒傻气了?你这么想着你却还在绞尽脑汁地想写。我好歹又拧出点水来,从一条快要晒干的毛巾上。恐慌日甚一日,随时可能完蛋的感觉比完蛋本身可怕多了,所谓不怕贼偷就怕贼惦记,我想人不如死了好,不如不出生的好,不如压根儿没有这个世界的好。可你并没有去死。我又想到那是一件不必着急的事。可是不必着急的事并不证明是一件必要拖延的事呀。你总是决定活下来,这说明什么?是的,我还是想活。人为什么活着?因为人想活着,说到底是这么回事,人真正的名字叫作:欲望。可我不怕死,有时候我真的不怕死。有时候——说对了。不怕死和想去死是两回事,有时候不怕死的人是有的,一生下来就不怕死的人是没有的。我有时候倒是怕活。可是怕活不等于不想活呀。可我为什么还想活呢？因为你还想得到点什么，你觉得你还是可以得到点儿什么的，比如说爱情，比如说价值感之类，人真正的名字叫欲望。这不对吗？我不该得到点什么吗？没说不该。可我为什么活得恐慌，就像个人质？后来你明白了，你明白你错了，活着不是为了写作，而写作是为了活着。你明白了这一点是在一个挺滑稽的时刻。那天你又说你不如死了好，你的一个朋友劝你：你不能死，你还得写呢，还有好多好作品等着你去写呢。这时候你忽然明白了，你说：只是因为我活着，我才不得不写作。或者说只是因为你还想活下去，你才不得不写作。是的，这样说过之后我竟然不那么恐慌了。就像你看穿了死之后所得的那份轻松。一个人质报复一场阴谋的最有效的办法是把自己杀死。我看出我得先把我杀死在市场上，那样我就不用参加抢购题材的风潮了。你还写吗？还写。你真的不得不写吗？人都忍不住要为生存找一些牢靠的理由。你不担心你会枯竭了？我不知道，不过我想，活着的问题在死之前是完不了的。

这下好了，您不再恐慌了不再是个人质了，您自由了。算了吧你，我怎么可能自由呢？别忘了人真正的名字是：欲望。所以您得知道，消灭恐慌的最有效的办法就是消灭欲望。可是我还知道，消灭人性的最有效的办法也是消灭欲望。那么，是消灭欲望同时也消灭恐慌呢，还是保留欲望同时也保留人性？

我在这园子里坐着，我听见园神告诉我：每一个有激情的演员都难免是一个人质。每一个懂得欣赏的

> 对于作者来说，既然死是不必急于求成的，那么就需要寻找到活着的意义。写作，正是他实现自我拯救、寻找生命意义的方式。在写作中思考人生的困惑，在写作中解决命运的疑难，生命就不再显得荒凉。

观众都巧妙地粉碎了一场阴谋。每一个乏味的演员都是因为他老以为这戏剧与自己无关。每一个倒霉的观众都是因为他总是坐得离舞台太近了。

我在这园子里坐着,园神成年累月地对我说:孩子,这不是别的,这是你的罪孽和福祉。

七

要是有些事我没说,地坛,你别以为是我忘了,我什么也没忘,但是有些事只适合收藏。不能说,也不能想,却又不能忘。它们不能变成语言,它们无法变成语言,一旦变成语言就不再是它们了。它们是一片朦胧的温馨与寂寥,是一片成熟的希望与绝望,它们的领地只有两处:心与坟墓。比如说邮票,有些是用于寄信的,有些仅仅是为了收藏。

如今我摇着车在这园子里慢慢走,常常有一种感觉,觉得我一个人跑出来已经玩得太久了。有一天我整理我的旧相册,看见一张十几年前我在这园子里照的照片——那个年轻人坐在轮椅上,背后是一棵老柏树,再远处就是那座古祭坛。我便到园子里去找那棵树。我按着照片上的背景找很快就找到了它,按着照片上它枝干的形状找,肯定那就是它。但是它已经死了,而且在它身上缠绕着一条碗口粗的藤萝。我当然记得园工们种那棵藤萝时的情景,我却不记得是在什么时候它已经长到了碗口粗。有一天我在这园子里碰见一个老太太,她说:"哟,你还在这儿哪?"她问

> 地坛蕴藏着母亲的至爱,以及史铁生关于命运的思考,象征着他的那段岁月、那些心绪。是他的母亲,亦是他自己。地坛之于他而言,是生命本身。生命,怎忘得了呢?生命,又怎说得全呢?

我："你母亲还好吗？""您是谁？""你不记得我，我可记得你。有一回你母亲来这儿找你，她问我，您看没看见一个摇轮椅的孩子？……"我忽然觉得，我一个人跑到这世界上来玩真是玩得太久了。有一天夜晚，我独自坐在祭坛边的路灯下看书，忽然从那漆黑的祭坛里传出一阵阵唢呐声。四周都是参天古树，方形的祭坛占地几百平方米，空旷坦荡独对苍天，我看不见那个吹唢呐的人，唯唢呐声在星光寥寥的夜空里低吟高唱，时而悲怆时而欢快，时而缠绵时而苍凉。或许这几个词都不足以形容它，我清清醒醒地听出它响在过去，响在现在，响在未来，回旋飘转亘古不散。

必有一天，我会听见喊我回去。

那时您可以想象一个孩子，他玩累了可他还没玩够呢，心里好些新奇的念头甚至等不及到明天。也可以想象是一个老人，无可置疑地走向他的安息地，走得任劳任怨。还可以想象一对热恋中的情人，互相一次次说"我一刻也不想离开你"，又互相一次次说"时间已经不早了"。时间不早了可我一刻也不想离开你，一刻也不想离开你可时间毕竟是不早了。

我说不好我想不想回去。我说不好是想还是不想，还是无所谓。我说不好我是像那个孩子，还是像那个老人，还是像一个热恋中的情人。很可能是这样：我同时是他们三个。我来的时候是个孩子，他有那么多孩子气的念头所以才哭着喊着闹着要来，他一来一见到这个世界便立刻成了不要命的情人，而对一个情人来说，不管多么漫长的时光也是稍纵即逝，那时他便明白，每一步每一步，其实一步步都是走在回去的路上。当牵牛花初开的时节，葬礼的号角就已吹响。

但是太阳，它每时每刻都是夕阳也都是旭日。当它熄灭着走下山去收尽苍凉残照之际，正是它在另一面燃烧着爬上山巅布散烈烈

朝晖之时。有一天，我也将沉静着走下山去，扶着我的拐杖。那一天，在某一处山洼里，势必会跑上来一个欢蹦的孩子，抱着他的玩具。

当然，那不是我。

但是，那不是我吗？

宇宙以其不息的欲望将一个歌舞炼为永恒。这欲望有怎样一个人间的姓名，大可忽略不计。

> 如果抛开人类强行赋予的意义，夕阳和旭日本质上并无不同。生命的伟大在于它的生生不息、循环往复。看似短暂的生命，或许能以另一种形式化作永恒——这是史铁生对生命意义的终极领悟，具有震撼人心的力量。

合欢树

十岁那年，我在一次作文比赛中得了第一。母亲那时候还年轻，急着跟我说她自己，说她小时候的作文写得还要好，老师甚至不相信那么好的文章会是她写的。"老师找到家来问，是不是家里的大人帮了忙。我那时可能还不到十岁呢。"我听得扫兴，故意笑："可能？什么叫'可能还不到'？"她就解释。我装作根本不再注意她的话，对着墙打乒乓球，把她气得够呛。不过我承认她聪明，承认她是世界上长得最好看的女的。她正给自己做一条蓝底白花的裙子。

二十岁，我的两条腿残废了。除去给人家画彩蛋，我想我还应该再干点儿别的事，先后改变了几次主意，最后想学写作。母亲那时已不年轻，为了我的腿，她头上开始有了白发。医院已经明确表示，我的病目前没办法治。母亲的全副心思却还放在给我治病上，到处找大夫，打听偏方，花很多钱。她倒总能找来些稀奇古怪的药，让我吃，让我喝，或者是洗、敷、熏、灸。"别浪费时间啦！根本没用！"我说。我一心只想着写小说，仿佛那东西能把残疾人救出困境。"再试一回，不试你怎么知道有没有用？"她说每

作者在写作中对"合欢树"的形象进行强调、取舍、浓缩，托物言志。写合欢树即写母爱，但又比直接以"母爱"为题显得含蓄、蕴藉。

母亲"气得够呛"。率真、要强的母亲和英年早逝的母亲，无忧无虑的生活与苦难的命运形成强烈的对照。生活化的场景开头，增强了文章的艺术吸引力。

"二十岁""残废"交代了时间和经历，那个年纪的"我"感受到的是母亲帮助自己治病的不懈努力。

一回都虔诚地抱着希望。然而对我的腿,有多少回希望就有多少回失望。最后一回,我的胯上被熏成烫伤。医院的大夫说,这实在太悬了,对于瘫痪病人,这差不多是要命的事。我倒没太害怕,心想死了也好,死了倒痛快。母亲惊惶了几个月,昼夜守着我,一换药就说:"怎么会烫了呢?我还直留神呀。"幸亏伤口好起来,不然她非疯了不可。

后来她发现我在写小说。她跟我说:"那就好好写吧。"我听出来,她对治好我的腿也终于绝望。"我年轻的时候也最喜欢文学。"她说。"跟你现在差不多大的时候,我也想过搞写作。"她说。"你小时候的作文不是得过第一?"她提醒我说。我们俩都尽力把我的腿忘掉。她到处去给我借书,顶着雨或冒了雪推我去看电影,像过去给我找大夫、打听偏方那样,抱了希望。

三十岁时,我的第一篇小说发表了,母亲却已不在人世。过了几年,我的另一篇小说又侥幸获奖,母亲已经离开我整整七年。

获奖之后,登门采访的记者就多。大家都好心好意,认为我不容易。但是我只准备了一套话,说来说去就觉得心烦。我摇着车躲出去。坐在小公园安静的树林里,我闭上眼睛,想:上帝为什么早早地召母亲回去呢?很久很久,迷迷糊糊地,我听见了回答:"她心里太苦了。上帝看她受不住了,就召她回去。"我似乎得到一点儿安慰,睁开眼睛,看见风正从树林里穿过。

我摇车离开那儿,在街上瞎逛,不想回家。

"三十岁""第一篇小说发表",随着时间的推移,年龄的增长,"我"的感受又与"二十岁"时有所不同,越发感念母爱的深厚与恒久。

母亲去世后，我们搬了家。我很少再到母亲住过的那个小院儿去。小院儿在一个大院儿的尽里头，我偶尔摇车到大院儿去坐坐，但不愿意去那个小院儿，推说手摇车进去不方便。院儿里的老太太们还都把我当儿孙看，尤其想到我又没了母亲，但都不说，光扯些闲话，怪我不常去。我坐在院子当中，喝东家的茶，吃西家的瓜。有一年，人们终于又提到母亲："到小院儿去看看吧，你妈种的那棵合欢树今年开花了！"我心里一阵抖，还是推说手摇车进出太不容易。大伙儿就不再说，忙扯些别的，说起我们原来住的房子里现在住了小两口，女的刚生了个儿子，孩子不哭不闹，光是瞪着眼睛看窗户上的树影儿。

我没料到那棵树还活着。那年，母亲到劳动局去给我找工作，回来时在路边挖了一棵刚出土的"含羞草"，以为是含羞草，种在花盆里长，竟是一棵合欢树。母亲从来喜欢那些东西，但当时心思全在别处。第二年合欢树没有发芽，母亲叹息了一回，还不舍得扔掉，依然让它长在瓦盆里。第三年，合欢树却又长出了叶子，而且茂盛了。母亲高兴了很多天，以为那是个好兆头，常去侍弄它，不敢再大意。又过一年，她把合欢树移出盆，栽在窗前的地上，有时念叨，不知道这种树几年才开花。再过一年，我们搬了家，悲痛弄得我们都把那棵小树忘记了。

与其在街上瞎逛，我想，不如就去看看那棵树吧。我也想再看看母亲住过的那间房。我老记着，那儿还有个刚来到世上的孩子，不哭不闹，瞪着眼睛看

> "合欢树"在行文过半处才第一次出现。文章前半部分追忆母亲，后半部分叙写合欢树的由来及其引发的思索。"合欢树"与"我"的命运仿佛一体，同时又是母亲的化身，恒定着深切的母爱。

树影儿。是那棵合欢树的影子吗？小院儿里只有那棵树。

院儿里的老太太们还是那么欢迎我，东屋倒茶，西屋点烟，送到我眼前。大伙儿都不知道我获奖的事，也许知道，但不觉得那很重要；还是都问我的腿，问我是否有了正式工作。这回，想摇车进小院儿真是不能了。家家门前的小厨房都扩大，过道窄到一个人推自行车进出也要侧身。我问起那棵合欢树。大伙儿说，年年都开花，长到房高了。这么说，我再看不见它了。我要是求人背我去看，倒也不是不行。我挺后悔前两年没有自己摇车进去看看。

我摇着车在街上慢慢走，不急着回家。人有时候只想独自静静地待一会儿。悲伤也成享受。

有一天，那个孩子长大了，会想起童年的事，会想起那些晃动的树影儿，会想起他自己的妈妈。他会跑去看看那棵树，但他不会知道那棵树是谁种的，是怎么种的。

深挚的母爱始终温暖鼓舞着作者，感伤过后的史铁生对生活充满更坚定的信念。一句"悲伤也成享受"鲜明地体现出他对人生困境的思考和感悟，是他自困厄中获得的升华。

文章在对那个孩子的拟想中结束，间接、含蓄地抒情，韵味悠长。"孩子"看到"合欢树"会想起自己的"妈妈"，这象征着母爱的普遍性。但孩子不会知道那棵树是谁种的，这是因为母爱具有独特性。对于作者而言，母亲无私执着的爱独属于他，其他人不会也不可能复制。

故乡的胡同

北京很大，不敢说就是我的故乡。我的故乡很小，仅北京城之一角，方圆大约二里，东和北曾经是城墙现在是二环路。其余的北京和其余的地球我都陌生。

二里方圆，上百条胡同密如罗网，我在其中活到四十岁。编辑约我写写那些胡同，以为简单，答应了，之后发现这岂非是要写我的全部生命？办不到。但我的心神便又走进那些胡同，看它们一条一条怎样延伸怎样连接，怎样枝枝杈杈地漫展，以及曲曲弯弯地隐没。我才醒悟，不是我曾居于其间，是它们构成了我。密如罗网，每一条胡同都是我的一段历史、一种心绪。

四十年前，一个男孩艰难地越过一道大门槛，惊讶着四下张望，对我来说胡同就在那一刻诞生。很长很长的一条土路，两侧一座座院门排向东西，红而且安静的太阳悬挂西端。男孩看太阳，直看得眼前发黑，闭一会儿眼，然后顽固地再看那太阳。因为我问过奶奶："妈妈是不是就从那太阳里回来？"

奶奶带我走出那条胡同，可能是在另一年。奶奶

> 强调胡同在"我"生命中的重要地位。胡同记录了"我"全部的生命，每条胡同都是"我"的一段历史，一种心情。

带我去看病，走过一条又一条胡同，天上地上都是风、被风吹淡的阳光、被风吹得继续的鸽哨声。那家医院就是我的出生地。打完针，号啕之际，奶奶买一串糖葫芦慰劳我，指着医院的一座西洋式小楼说她就是在那儿听见我来了，说那天下着罕见的大雪。

是我不断长大所以胡同不断地漫展呢，还是胡同不断地漫展所以我不断长大？可能是一回事。有一天母亲领我拐进一条更长更窄的胡同，把我送进一个大门，一眨眼母亲不见了，我正要往门外跑时被一个老太太拉住，她很和蔼但是我哭着使劲挣脱她，屋里跑出来一群孩子，笑闹声把我的哭喊淹没。那是我头一回离家在外，那一天很长，墙外磨刀人的喇叭声尤其漫漫。幼儿园是那老太太办的，都说她信教。

几乎每条胡同都有庙。僧人在胡同里静静地走，回到庙去沉沉地唱，那诵经声总让我看见夏夜的星光。睡梦中我还常常被一种清朗的钟声唤醒，以为是午后阳光落地的震响，多年后我才找到它的来源。现在俄国使馆的位置，曾是一座东正教堂，我把那钟声和它联系起来时，它已被推倒。那时，寺庙多也消失或改为他用。

我的第一个校园就是往日的寺庙，庙院里松柏森森。那儿有个可怕的孩子，他有一种至今令我惊诧不解的能力，同学们都怕他，他说他第一跟谁好谁就会受宠若惊，他说他最后跟谁好谁就会忧心忡忡，他说他不跟谁好了谁就像是被判离群的鸟。因为他，我学会了谄媚和防备，看见了孤独。成年以后，我仍能处

这一段的细节描写很有意蕴。"一条又一条"表达看病路途的漫长难挨，对风、阳光和鸽哨的描写表现了"我"因为看病而情绪低沉，"慰劳"表现祖母对"我"温暖的关怀与疼爱，"罕见的大雪"似乎预兆着将来一生命运的坎坷。

作者运用比喻和拟人的手法，生动地表达出胡同中这两种声响带给少时的"我"独特的感受，以至"我"多年以后还念念不忘。

处见出他的影子。

　　十八岁我去插队离开这片故土三年。回来时两腿残废了找不到工作，我常独自摇了轮椅一条条再去走那些胡同。它们几乎没变，只是往日都到哪儿去了很费猜解。在一条胡同里我碰见一群老太太，她们用油漆涂抹着美丽的图画，我说，我可以参加吗？我便在那儿拿到平生第一份工资，我们镇日涂抹说笑，对未来抱着过分的希望。

　　母亲对未来的祈祷，可能比我对未来的希望还要多，她在我们住的院子里种下一棵合欢树。那时我开始写作，开始恋爱，爱情使我的心魂从轮椅里站起来。可是合欢树长大了，母亲却永远离开了我，几年后我的恋人也远去他乡，但那时她们已经把我培育得可以让人放心了。然后我的妻子来了，我把珍贵的以往说给她听，她说因此她也爱恋着我的这块故土。

　　我单不知，像鸟儿那样飞在不高的空中俯瞰那片密如罗网的胡同，会是怎样的景象。飞在空中而且不惊动下面的人类，看一条条胡同的延伸、连接、枝枝杈杈地漫展以及曲曲弯弯地隐没，是否就可以看见了命运的构造？

"珍贵的以往"包括：凝看红日盼望母亲归来，奶奶带"我"打针，母亲送"我"去幼儿园，胡同庙中诵经声和钟声，可怕的同学带给"我"的阴影，"我"双腿残废，找到工作，期待未来。

　　文章以"胡同"为背景，作者的成长和命运与"胡同"的漫展融合在一起——"胡同"的"密如罗网"似乎有着宿命的味道，"胡同"的"延伸、连接、枝枝杈杈"意味着个人命运的坎坷不平。胡同浸透了作者的经历，是作者成长成熟的见证，也是作者命运的象征。

想念地坛

想念地坛,主要是想念它的安静。

坐在那园子里,坐在不管它的哪一个角落,任何地方,喧嚣都在远处。近旁只有荒藤老树,只有栖居了鸟儿的废殿颓檐、长满了野草的残墙断壁,暮鸦吵闹着归来,雨燕盘桓吟唱,风过檐铃,雨落空林,蜂飞蝶舞草动虫鸣……四季的歌咏此起彼伏从不间断。地坛的安静并非无声。

齐白石 绘

有一天大雾迷漫,世界缩小到只剩了园中的一棵老树。有一天春光浩荡,草地上的野花铺铺展展开得让人心惊。有一天漫天飞雪,园中堆银砌玉,有如一座晶莹的迷宫。有一天大雨滂沱,忽而云开,太阳轰轰烈烈,满天满地都是它的威光。数不尽的那些日子里,那些年月,地坛应该记得,有一个人,摇了轮椅,一次次走来,逃也似的投靠这一处静地。

一进园门，心便安稳。有一条界线似的，迈过它，只要一迈过它便有清纯之气扑来，悠远、浑厚。于是，时间也似放慢了速度，就好比电影中的慢镜，人便不那么慌张了，可以放下心来把你的每一个动作都看看清楚，每一丝风飞叶动，每一缕愤懑和妄想，盼念与惶茫，总之把你所有的心绪都看看明白。

因而地坛的安静，也不是与世隔离。

那安静，如今想来，是由于四周和心中的荒旷。一个无措的灵魂，不期而至竟仿佛走回到生命的起点。

记得我在那园中成年累月地走，在那儿呆坐，张望，暗自地祈求或怨叹，在那儿睡了又醒，醒了看几页书……然后在那儿想："好吧好吧，我看你还能怎样！"这念头不觉出声，如空谷回音。

谁？谁还能怎样？我，我自己。

我常看那个轮椅上的人和轮椅下他的影子，心说我怎么会是他呢？怎么会和他一块儿坐在了这儿？我仔细看他，看他究竟有什么倒霉的特点，或还将有什么不幸的征兆，想看看他终于怎样去死，赴死之途莫非还有绝路？那日何日？我记得忽然我有了一种放弃的心情，仿佛我已经消失，已经不在，唯一缕轻魂在园中游荡，刹那间清风朗月，如沐慈悲。于是乎我听见了那恒久而辽阔的安静。恒久，辽阔，但非死寂，那中间确有如林语堂所说的，一种"温柔的声音，同时也是强迫的声音"。

我记得于是我铺开一张纸，觉得确乎有些什么东西最好是写下来。那日何日？但我一直记得那份忽临的轻松和快慰，也不考虑词句，也不过问技巧，也不以为能拿它去派什么用场，只是写，只是

看有些路单靠腿（轮椅）去走明显是不够。写，真是个办法，是条条绝路之后的一条路。

只是多年以后我才在书上读到了一种说法：写作的零度。

《写作的零度》，其汉译本实在是有些磕磕绊绊，一些段落只好猜读，或难免还有误解。我不是学者，读不了罗兰·巴特的法文原著应当不算是玩忽职守。是这题目先就吸引了我，这五个字，已经契合了我的心意。在我想，写作的零度即生命的起点，写作由之出发的地方即生命之固有的疑难，写作之终于的寻求，即灵魂最初的眺望。譬如那一条蛇的诱惑，以及生命自古而今对意义不息的询问。譬如那两片无花果叶的遮蔽，以及人类以爱情的名义、自古而今的相互寻找。譬如上帝对亚当和夏娃的惩罚，以及万千心魂自古而今所祈盼着的团圆。

"写作的零度"，当然不是说清高到不必理睬纷繁的实际生活，洁癖到把变迁的历史虚无得干净，只在形而上寻求生命的解答。不是的。但生活的谜面变化多端，谜底却似亘古不变，缤纷错乱的现实之网终难免编织进四顾迷茫，从而编织到形而上的询问。人太容易在实际中走失，驻足于路上的奇观美景而忘了原本是要去哪儿，倘此时灵机一闪，笑遇荒诞，恍然间记起了比如说罗伯-格里耶的《去年在马里昂巴德》，比如说贝克特的《等待戈多》，那便是回归了"零度"，重新过问生命的意义。零度，这个词真用得好，我愿意它不期然地还有着如下两种意思：一是说生命本无意义，零嘛，本来什么都没有；二是说，可平白无故地生命他来了，是何用意？虚位以待，来向你要求意义。一个生命的诞生，便是一次对意义的要求。荒诞感，正就是这样地要求。所以要看重荒诞，要善待它。不信等着瞧，无论何时何地，必都是荒诞领你回到最初的眺望，逼迫你去看那生命固有的疑难。

否则，写作，你寻的是什么根？倘只是炫耀祖宗的光荣，弃心魂一向的困惑于不问，岂不还是阿Q的传统？倘写作变成潇洒，变成了身份或地位的投资，它就不要嘲笑喧嚣，它已经加入喧嚣。尤其，写作要是爱上了比赛、擂台和排名榜，它就更何必谴责什么"霸权"？它自己已经是了。我大致看懂了排名的用意：时不时地抛出一份名单，把大家排比得就像是梁山泊的一百零八将，被排者争风吃醋，排者乘机拿走的是权力。可以玩味的是，这排名之妙，商界倒比文坛还要醒悟得晚些。

这又让我想起我曾经写过的那个可怕的孩子。那个矮小瘦弱的孩子，他凭什么让人害怕？他有一种天赋的诡诈——只要把周围的孩子经常地排一排座次，他凭空地就有了权力。"我第一跟谁好，第二跟谁好……第十跟谁好"和"我不跟谁好"，于是，欢欣者欢欣地追随他，苦闷者苦闷着还是去追随他。我记得，那是我很长一段童年时光中恐惧的来源，是我的一次写作的零度。生命的恐惧或疑难，在原本干干净净的眺望中忽而向我要求着计谋；我记得我的第一个计谋，是阿谀。但恐惧并未因此消散，疑难却因此更加疑难。我还记得我抱着那只用于阿谀的破足球，抱着我破碎的计谋，在夕阳和晚风中回家的情景……那又是一次写作的零度。零度，并不只有一次。每当你立于生命固有的疑难，立于灵魂一向的祈盼，你就回到了零度。一次次回到那儿正如一次次走进地坛，一次次投靠安静，走回到生命的起点，重新看看，你到底是要去哪儿？是否已经偏离亚当和夏娃相互寻找的方向？

想念地坛，就是不断地回望零度。放弃强力，当然还有阿谀。现在可真是反了！——面要面霸，居要豪居，海鲜称帝，狗肉称王。人呢？名人，强人，人物。可你看地坛，它早已放弃昔日荣华，一天天在风雨中放弃，五百年，安静了；安静得草木葳蕤，生气盎然。土地，要你气熏烟蒸地去恭维它吗？万物，是你雕栏玉砌就可以挟持的？疯话。再看那些老柏树，历无数春秋寒暑依旧镇定自若，不为流光掠影所迷。我曾注意过它们的坚强，但在想念里，我看见万物的美德更在于柔弱。"坚强"，你想吧，希特勒也会赞成。世间的语汇，可有什么会是强梁所拒？只有"柔弱"。柔弱是爱者的独信。柔弱不是软弱，软弱通常都装扮得强大，走到台前骂人，退回幕后出汗。柔弱，是信者仰慕神恩的心情，静聆神命的姿态。想想看，倘那老柏树无风自摇岂不可怕？要是野草长得比树还高，八成是发生了核泄漏——听说切尔诺贝利附近有这现象。

我曾写过"设若有一位园神"这样的话，现在想，就是那些老柏树吧；千百年中，它们看风看雨，看日行月走人世更迭，浓荫中唯供奉了所有的记忆，随时提醒着你悠远的梦想。

但要是"爱"也喧嚣，"美"也招摇，"真诚"沦为一句时髦的广告，那怎么办？唯柔弱是爱愿的识别，正如放弃是喧嚣的解剂。人一活脱便要嚣张，天生的这么一种动物。这动物适合在地坛放养些时日——我是说当年的地坛。

回望地坛，回望它的安静，想念中坐在不管它的哪一个角落，重新铺开一张纸吧。写，真是个办法，油然地通向着安静。写，这形式，注定是个人的，容易撞见诚实，容易被诚实揪住不放，容易在市场之外遭遇心中的阴暗，在自以为是时回归零度。把一切污浊、畸形、歧路，重新放回到那儿去检查，勿使伪劣的心魂流布。

有人跟我说，曾去地坛找我，或看了那一篇《我与地坛》去那儿寻找安静。可一来呢，我搬家搬得离地坛远了，不常去了；二来我偶尔请朋友开车送我去看它，发现它早已面目全非。我想，那就不必再去地坛寻找安静，莫如在安静中寻找地坛。恰如庄生梦蝶，当年我在地坛里挥霍光阴，曾屡屡地有过怀疑：我在地坛吗？还是地坛在我？现在我看虚空中也有一条界线，靠想念去迈过它，只要一迈过它便有清纯之气扑面而来。我已不在地坛，地坛在我。

(选自《记忆与印象》)

我二十一岁那年

友谊医院神经内科病房有十二间病室，除去1号、2号，其余十间我都住过。当然，决不为此骄傲。即便多么骄傲的人，据我所见，一躺上病床也都谦恭。1号和2号是病危室，是一步登天的地方，上帝认为我住那儿为时尚早。

十九年前，父亲搀扶着我第一次走进那病房。那时我还能走，走得艰难，走得让人伤心就是了。当时我有过一个决心：要么好，要么死，一定不再这样走出来。

正是响午，病房里除了病人的微鼾，便是护士们轻极了的脚步，满目洁白，阳光中飘浮着药水的味道。如同信徒走进了庙宇，我感觉到了希望。一位女大夫把我引进10号病室。她贴近我的耳朵轻轻柔柔地问："午饭吃了没？"我说："您说我的病还能好吗？"她笑了笑。记不得她怎样回答了，单记得她说了一句什么之后，父亲的愁眉也略略地舒展。女大夫步履轻盈地走后，我永远留住了一个偏见：女人是最应该当大夫的，白大褂是她们最优雅的服装。

那天恰是我二十一岁生日的第二天。我对医学对命运都还未及了解，不知道病出在脊髓上将是一件多么麻烦的事。我舒心地躺下来睡了个好觉。心想：十天，一个月，好吧就算是三个月，然后我就又能是原来的样子了。和我一起插队的同学来看我时，也都这样想，他们给我带来很多书。

10号有六个床位。我是6床。5床是个农民，他天天都盼着出院。"光房钱一天就一块一毛五，你算算得啦，"5床说，"'死病'值得了这么些？"3床就说："得了嘿，你有完没完！死死死，数你悲观。"4床是个老头，说："别介别介，咱毛主席有话啦——既来之，则安之。"农民便带笑地把目光转向我，却是对他们说："敢情你们都有公费医疗。"他知道我还在与贫下中农相结合。1床不说话，1床一旦说话即可出院。2床像是个有些来头的人，举手投足之间便赢得大伙儿的敬畏。2床幸福地把一切名词都忘了，包括忘了自己的姓名。2床讲话时，所有名词都以"这个""那个"代替，因而讲到一些轰轰烈烈的事迹却听不出是谁人所为。4床说："这多好，不得罪人。"

我不搭茬儿。刚有的一点儿舒心顷刻全光。一天一块多房钱都要从父母的工资里出，一天好几块的药钱、饭钱都要从父母的工资里出，何况为了给我治病家中早已是负债累累了。我马上就想那农民之所想了：什么时候才能出院呢？我赶紧松开拳头让自己放明白点儿：这是在医院不是在家里，这儿没人会容忍我发脾气，而且砸坏了什么还不是得用父母的工资去赔？所幸身边有书，想来想去只好一头埋进书里去，好吧好吧，就算是三个月！我平白地相信这样一个期限。

可是三个月后我不仅没能出院，病反而更厉害了。

那时我和2床一起住到了7号。2床果然不同寻常，是位局长，十一级干部，但还是多了一级，非十级以上者无缘去住高干病房的单间。7号是这普通病房中唯一仅设两张病床的房间，最接近单间，故一向由最接近十级的人去住。据说刚有个十三级从这儿出去。2床搬来名正言顺。我呢？护士长说是"这孩子爱读书"，让我帮助2床把名词重新记起来。"你看他连自己是谁都闹不清了。"护士长说。但2床却因此越来越让人喜欢，因为"局长"也是名词也在被忘之列，我们之间的关系日益平等、融洽。有一天他问我："你是干什么的？"我说："插队的。"2床说他的"那个"也是，两个"那个"都是，他在高出他半个头的地方比画一下："就是那两个，我自己养的。""您是说您的两个儿子？"他说对，儿子。他说好哇，革命嘛就不能怕苦，就是要去结合。他说："我们当初也是从那儿出来的嘛。"我说："农村？""对对对。什么？""农村。""对对对农村。别忘本呀！"我说是。我说："您的家乡是哪儿？"他于是抱着头想了好久。这一回我也没办法提醒他。最后他骂一句，不想了，说："我也放过那玩意儿。"他在头顶上伸直两个手指。"是牛吗？"他摇摇头，手往低处一压。"羊？""对了，羊。我放过羊。"他躺下，双手垫在脑后，甜甜蜜蜜地望着天花板老半天不言语。大夫说他这病叫作"角回综合征，命名性失语"，并不影响其他记忆，尤其是遥远的往事更都记得清楚。我想局长到底是局长，比我会得病。他忽然又坐起来："我的那个，喂，小什么来？""小儿子？""对！"他怒气冲冲地跳到地上，说："那个小玩意儿，娘个×！"说："他要去结合，我说好嘛我支持。"说："他来信要钱，说要办个这个。"他指了指周围，我想"那个小玩意儿"可能是要办个医疗站。他说："好嘛，要多少？我给。可那个小玩意儿！"他背着手气哼哼地来回走，然后停住，两手一摊："可他又要在那儿结婚！""在农村？""对，农村。""跟农民？""跟农民。"无论是根据我当时的思想觉悟，还是根据报纸电台当时的宣传倡导，这都是值得肃然起敬的。"扎根派。"我钦佩地说。"娘了个×派！"他说，"可你还要不要回来嘛！"这下我有点发蒙。见我愣着，他又一跺脚，补充道："可你还要不要革命？"这下我懂了，先不管革命是什么，2床的坦诚都令人欣慰。

不必去操心那些玄妙的逻辑了。整个冬天就快过去，我反倒挂着拐杖都走不到院子里去了，双腿日甚一日地麻木，肌肉无可遏止地萎缩，这才是需要发愁的。

我能住到7号来，事实上是因为大夫护士们都同情我。因为我还这么年轻，因为我是自费医疗，因为大夫护士都已经明白我这病的前景极为不妙，还因为我爱读书——在那个"知识越多越反动"的年代，大夫护士们尤为喜爱一个爱读书的孩子。他们都还把我当孩子。他们的孩子有不少也在插队。护士长好几次在我母亲面前夸我，最后总是说："唉，这孩子……"这一声叹，暴露了当代医学的爱莫能助。他们没有别的办法帮助我，只能让我住得好一点儿，安静些，读读书吧——他们可能是想，说不定书中能有"这孩子"一条路。

可我已经没了读书的兴致。整日躺在床上，听各种脚步从门外走过；希望他们停下来，推门进来，又希望他们千万别停，走过去走你们的路去别来烦我。心里荒荒凉凉地祈祷：上帝如果你不收我回去，就把能走路的腿也给我留下！我确曾在没人的时候双手合十，出声地向神灵许过愿。多年以后才听一位无名的哲人说过：危卧病榻，难有无神论者。如今来想，有神无神并不值得争论，但在命运的混沌之点，人自然会忽略着科学，向虚冥之中寄托一份虔敬的祈盼。正如迄今人类最美好的向往也都没有实际的验证，但那向往并不因此消灭。

主管大夫每天来查房，每天都在我的床前停留得最久："好吧，别急。"按规矩主任每星期查一次房，可是几位主任时常都来

看看我:"感觉怎么样?嗯,一定别着急。"有那么些天全科的大夫都来看我,八小时以内或以外,单独来或结队来,检查一番各抒主张,然后都对我说:"别着急,好吗?千万别急。"从他们谨慎的言谈中我渐渐明白了一件事:我这病要是因为一个肿瘤的捣鬼,把它找出来切下去随便扔到一个垃圾桶里,我就还能直立行走,否则我多半就把祖先数百万年进化而来的这一优势给弄丢了。

窗外的小花园里已是桃红柳绿,二十二个春天没有哪一个像这样让人心抖。我已经不敢去羡慕那些在花丛树行间漫步的健康人和在小路上打羽毛球的年轻人。我记得我久久地看过一个身着病号服的老人,在草地上踱着方步晒太阳。只要这样我想只要这样!只要能这样就行了就够了!我回忆脚踩在软软的草地上是什么感觉;想走到哪儿就走到哪儿是什么感觉;踢一颗路边的石子,踢着它走是什么感觉。没这样回忆过的人不会相信,那竟是回忆不出来的!老人走后我仍呆望着那块草地,阳光在那儿慢慢地淡薄,脱离,凝作一缕孤哀凄寂的红光一步步爬上墙,爬上楼顶……我写下一句歪诗:轻拨小窗看春色,漏入人间一斜阳。日后我摇着轮椅特意去看过那块草地,并从那儿张望7号的窗口,猜想那玻璃后面现在住的谁,上帝打算为他挑选什么前程。当然,上帝用不着征求他的意见。

我乞求,上帝不过是在和我开着一个临时的玩笑——在我的脊椎里装进了一个良性的瘤子。对对,它可以长在椎管内,但必须要长在软膜外,那样才能把它剥离而不损坏那条珍贵的脊髓。"对不对,大夫?""谁告诉你的?""对不对吧?"大夫说:"不过,看来不太像肿瘤。"我用目光在所有的地方写下"上帝保佑",我想,或许把这四个字写到千遍万遍就会赢得上帝的怜悯,让它是个瘤子,一个善意的瘤子。要么干脆是个恶毒的瘤子,能要命的那一种,那也行。总归得是瘤子，上帝！

朋友送了我一包莲子，无聊时我捡几颗泡在瓶子里，想，赌不赌一个愿？——要是它们能发芽，我的病就不过是个瘤子。但我战战兢兢地一直没敢赌。谁料几天后莲子竟都发芽。我想好吧我赌！我想其实我压根儿是倾向于赌的。我想倾向于赌事实上就等于是赌了。我想现在我还敢赌——它们一定能长出叶子！（这是明摆着的。）我每天给它们换水，早晨把它们移到窗台西边，下午再把它们挪到东边，让它们总在阳光里；为此我抓住床栏走，扶住窗台走，几米路我走得大汗淋漓。这事我不说，没人知道。不久，它们长出一片片圆圆的叶子来。"圆"，又是好兆。我更加周到地伺候它们，坐回到床上气喘吁吁地望着它们，夜里醒来在月光中也看看它们：好了，我要转运了。并且忽然注意到"莲"与"怜"谐音，毕恭毕敬地想：上帝终于要对我发发慈悲了吧？这些事我不说没人知道。叶子长出了瓶口，闲人要去摸，我不让。他们硬是摸了呢，我便在心里加倍地祈祷几回。这些事我不说，现在也没人知道。然而科学胜利了，它三番五次地说那儿没有瘤子，没有没有。果然，上帝直接在那条娇嫩的脊髓上做了手脚！定案之日，我像个被冤判的屈鬼那样疯狂地作乱，挣扎着站起来，心想干吗不能跑一回给那个没良心的上帝瞧瞧！后果很简单，如果你没摔死你必会明白：确实，你干不过上帝。

我终日躺在床上一言不发，心里先是完全的空白，随后由着一个"死"字去填满。王主任来了。（那个老太太，我永远忘不了她。还有张护士长。八年以后和十七年以后，我有两次真的病到了死神门口，全靠这两位老太太又把我抢下来。）我面向墙躺着，王主任坐在我身后许久不说什么，然后说了，话并不多，大意是：还是看看书吧，你不是爱看书吗？人活一天就不要白活。将来你工作了，忙得一点时间都没有，你会后悔这段时光就让它这么白白地过去了。这些话当然并不能打消我的死念，但这些话我将受用终生，在以后的若干年里我频繁地对死神抱有过热情，但在未死之前我一直记得王主任这些话，因而还是去做些事。使我没有去死的原因很多（我在另外的文章里写过），"人活一天就不要白活"亦为其一，慢慢地去做些事于是慢慢地有了活的兴致和价值感。有一年我去医院看她，把我写的书送给她，她已是满头白发了，退休了，但照常在医院里从早忙到晚。我看着她想，这老太太当年必是心里有数，知道我还不至于去死，所以她单给我指一条活着的路。可是我不知道当年我搬离7号后，是谁最先在那儿发现过一团电线，并对此做过什么推想。那是个秘密，现在也不必说。假定我那时真的去死了呢？我想找一天去问问王主任。我想，她可能会说"真要去死那谁也管不了"；可能会说"要是你找不到活着的价值，迟早还是想死"；可能会说"想一想死倒也不是坏事，想明白了倒活得更自由"；可能会说"不，我看得出来，你那时离死神还远着呢，因为你有那么多好朋友"。

友谊医院——这名字叫得好。"同仁""协和""博爱""济慈"，这样的名字也不错，但或稍嫌冷静，或略显张扬，都不如"友谊"听着那么平易、亲近。也许是我的偏见。二十一岁末尾，双腿彻底背叛了我，我没死，全靠着友谊。还在乡下插队的同学不断写信来，软硬兼施劝骂并举，以期激起我活下去的勇气；已转回北京的同学每逢探视日必来看我，甚至非探视日他们也能进来。"怎进来的你们？""咳，闭上一只眼睛想一会儿就进来了。"这群插过队的，当年可以凭一张站台票走南闯北，甭担心还有他们走不通的路。那时我搬到了加号。加号原本不是病房,里面有个小楼梯间,楼梯间弃置不用了,余下的地方仅够放一张床,虽然窄小得像一节烟筒,但毕竟是单间,光景固不可比十级,却又非十一级可比。这又是大夫护士们的一番苦心,见我的朋友太多,都是少男少女难免说笑得不管不顾,既不能影响了别人又不可剥夺了我的快乐,于是给了我十点五级的待遇。加号的窗口朝向大街,我的床紧挨着窗,在那儿我度过了二十一岁中最惬意的时光。每天上午我就坐在窗前清清静静地读书,很多名著我都是在那时读到的,也开始像模像样地学着外语。一过中午,我便直着眼睛朝大街上眺望,尤其注目骑车的年轻人和5路汽车的车站,盼着朋友们来。有那么一阵子我暂时忽略了死神。朋友们来了,带书来,带外面的消息来,带安慰和欢乐来,带新朋友来,新朋友又带新的朋友来,然后都成了老朋友。以后的多少年里,友谊一直就这样在我身边扩展,在我心里深厚。把加号的门关紧,我们自由地嬉笑怒骂,毫无顾忌地议论世界上所有的事,高兴了还可以轻声地唱点什么——陕北民歌,或插队知青自己的歌。晚上朋友们走了,在小台灯幽寂而又喧嚣的光线里,我开始想写点什么,那便是我创作欲望最初的萌生。我一时忘记了死,还因为什么?还因为爱情的影子在隐约地晃动。那影子将长久地在我心里晃动,给未来的日子带来幸福也带来痛苦,尤其带来激情,把一个绝

《向日葵》　[荷]凡·高 绘

望的生命引领出死谷。无论是幸福还是痛苦，都会成为永远的珍藏和神圣的纪念。

二十一岁、二十九岁、三十八岁，我三进三出友谊医院，我没死，全靠了友谊。后两次不是我想去勾结死神，而是死神对我有了兴趣。我高烧到四十多度，朋友们把我抬到友谊医院，内科说没有护理截瘫病人的经验，柏大夫就去找来王主任，找来张护士长，于是我又住进"神内"病房。尤其是二十九岁那次，高烧不退，整天昏睡、呕吐，差不多三个月不敢闻饭味，光用血管去喝葡萄糖，血压也不安定，先是低压升到一百二接着高压又降到六十，大夫们一度担心我活不过那年冬天了——肾，好像是接近完蛋的模样，治疗手段又像是接近于无了。我的同学找柏大夫商量，他们又一起去找唐大夫。要不要把这事告诉我父亲？他们决定：不。告诉他，他还不是白着急？然后他们分了工：死的事由我那同学和柏大夫管，等我死了由他们去向我父亲解释；活着的我由唐大夫多多关照。唐大夫说："好，我以教学的理由留他在这儿，他活一天就还要想一天办法。"真是人不当死鬼神奈何其不得，冬天一过我又活了，看样子极可能活到下一个世纪去。唐大夫就是当年把我接进10号的那个女大夫，就是那个步履轻盈温文尔雅的女大夫，但八年过去她已是两鬓如霜了。又过了九年，我第三次住院时唐大夫已经不在。听说我又来了，科里的老大夫、老护士们都来看我，问候我，夸我的小说写得还不错，跟我叙叙家常，唯唐大夫不能来了。我知道她不能来了，她不在了。我曾摇着轮椅去给她送过一个小花圈，大家都说："她是累死的，她肯定是累死的！"我永远记得她把我迎进病房的那个中午，她贴近我的耳边轻轻柔柔地问："午饭吃了没？"倏忽之间，怎么，她已经不在了？她不过才五十岁出头。这事真让人哑口无言，总觉得不大说得通，肯定是谁把逻辑摆弄错了。

但愿柏大夫这一代的命运会好些。实际只是当着众多病人时我才叫她柏大夫。平时我叫她"小柏"，她叫我"小史"。她开玩笑时自称是我的"私人保健医生"，不过这不像玩笑这很近实情。近两年我叫她"老柏"她叫我"老史"了。十九年前的深秋，病房里新来了个卫生员，梳着短辫儿，戴一条长围巾穿一双黑灯芯绒鞋，虽是一口地道的北京城里话，却满身满脸的乡土气尚未退尽。"你也是插队的？"我问她。"你也是？"听得出来，她早已知道了。"你哪届？""老初二，你呢？""我六八，老初一。你哪儿？""陕北。你哪儿？""我内蒙。"这就行了，全明白了，这样的招呼是我们这代人的专利，这样的问答立刻把我们拉近。我料定，几十年后这样的对话仍会在一些白发苍苍的人中间流行，仍是他们之间最亲切的问候和最有效的沟通方式；后世的语言学者会煞费苦心地对此做一番考证，正儿八经地写一篇论文去得一个学位。而我们这代人是怎样得一个学位的呢？十四五岁停学，十七八岁下乡，若干年后回城，得一个最被轻视的工作，但在农村待过了还有什么工作不能干的呢？同时学心不死业余苦读，好不容易上了个大学，毕业之后又被轻视——因为真不巧你是个"工农兵学员"，你又得设法摘掉这个帽子，考试考试考试这代人可真没少考试，然后用你加倍的努力让老的少的都服气，用你的实际水平和能力让人们相信你配得上那个学位——比如说，这就是我们这代人得一个学位的典型途径。这还不是最坎坷的途径。"小柏"变成"老柏"，那个卫生员成为柏大夫，大致就是这么个途径，我知道，因为我们已是多年的朋友。她的丈夫大体上也是这么走过来的，我们都是朋友了；连她的儿子也叫我"老史"。闲下来细细去品，这个"老史"最令人羡慕的地方，便是一向活在友谊中。真说不定，这与我二十一岁那年恰恰住进了"友

谊"医院有关。

因此，偶尔有人说我是活在世外桃源，语气中不免流露了一点讥讽，仿佛这全是出于我的自娱甚至自欺。我颇不以为然。我既非活在世外桃源，也从不相信有什么世外桃源。但我相信世间桃源，世间确有此源，如果没有恐怕谁也就不想再活。倘此源有时弱小下去，依我看，至少讥讽并不能使其强大。千万年来它作为现实，更作为信念，这才不断。它源于心中再流入心中，它施于心又由于心，这才不断。欲其强大，舍心之虔诚又向何求呢？

也有人说我是不是一直活在童话里，语气中既有赞许又有告诫。赞许并且告诫，这很让我信服。赞许既在，告诫并不意指人们之间应该加固一条防线，而只是提醒我：童话的缺憾不在于它太美，而在于它必要走进一个更为纷繁而且严酷的世界，那时只怕它太娇嫩。

事实上在二十一岁那年，上帝已经这样提醒我了，他早已把他的超级童话和永恒的谜语向我略露端倪。

住在4号时，我见过一个男孩。他那年七岁，家住偏僻的山村，有一天传说公路要修到他家门前了，孩子们都翘首以待好梦联翩。公路终于修到，汽车终于开来，乍见汽车，孩子们惊讶兼着胆怯，远远地看。日子一长孩子便有奇想，发现扒住卡车的尾巴可以威风凛凛地兜风，他们背着父母玩得好快活。可是有一次，只一次，这七岁的男孩失手从车上摔了下来。他住进医院时已经不能跑，四肢肌肉都在萎缩。病房里很寂寞，孩子一瘸一瘸地到处串；淘得过分了，病友们就说他："你说说你是怎么伤的。"孩子立刻低了头，老老实实地一动不动。"说呀！""说，因为什么？"孩子嗫嚅着。"喂，怎么不说呀？给忘啦？""因为扒汽车。"孩子低声说。

"因为淘气。"孩子补充道。他在诚心诚意地承认错误。大家都沉默,除了他自己谁都知道:这孩子伤在脊髓上,那样的伤是不可逆的。孩子仍不敢动,规规矩矩地站着用一双正在萎缩的小手擦眼泪。终于会有人先开口,语调变得哀柔:"下次还淘不淘了?"孩子很熟悉这样的宽容或原谅,马上使劲摇头:"不,不,不了!"同时松了一口气。但这一回不同以往,怎么没有人接着向他允诺"好啦,只要改了就还是好孩子"呢?他睁大眼睛去看每一个大人,那意思是:还不行吗?再不淘气了还不行吗?他不知道,他还不懂,命运中有一种错误是只能犯一次的,并没有改正的机会,命运中有一种并非是错误的错误(比如淘气,是什么错误呢),但这却是不被原谅的。那孩子小名叫"五蛋",我记得他,那时他才七岁,他不知道,他还不懂。未来,他势必有一天会知道,可他势必有一天就会懂吗?但无论如何,那一天就是一个童话的结尾。在所有童话的结尾处,让我们这样理解吧:上帝为了锤炼生命,将布设下一个残酷的谜语。

  住在6号时,我见过一对恋人。那时他们正是我现在的年纪,四十岁。他们是大学同学。男的二十四岁时本来就要出国留学,日期已定,行装都备好了,可命运无常,不知因为什么屁大的一点儿事不得不拖延一个月,偏就在这一个月里因为一次医疗事故他瘫痪了。女的对他一往情深,等着他,先是等着他病好,没等到;然后还等着他,等着他同意跟她结婚,还是没等到。外界的和内心的阻力重重,一年一年,男的既盼着她来又说服着她走。但一年一年,病也难逃爱也难逃,女的就这么一直等着。有一次她狠了狠心,调离北京到外地去工作了,但是斩断感情却不这么简单,而且再想调回北京也不这么简单,女的只要有三天假期也迢迢千里地往北京跑。男的那时病更重了,全身都不能动了,和我同住一个病室。女

的走后,男的对我说过:你要是爱她,你就不能害她,除非你不爱她,可那你又为什么要结婚呢?男的睡着了,女的对我说过:我知道他这是爱我,可他不明白其实这是害我,我真想一走了事,我试过,不行,我知道我没法不爱他。女的走了男的又对我说过:不不,她还年轻,她还有机会,她得结婚,她这人不能没有爱。男的睡了女的又对我说过:可什么是机会呢?机会不在外边而在心里,结婚的机会有可能在外边,可爱情的机会只能在心里。女的不在时,我把她的话告诉男的,男的默然垂泪。我问他:"你干吗不能跟她结婚呢?"他说:"这你还不懂。"他说:"这很难说得清,因为你活在整个这个世界上。"他说:"所以,有时候这不是光由两个人就能决定的。"我那时确实还不懂。我找到机会又问女的:"为什么不是两个人就能决定的?"她说:"不,我不这么认为。"她说:"不过确实,有时候这确实很难。"她沉吟良久,说:"真的,跟你说你现在也不懂。"十九年过去了,那对恋人现在该已经都是老人。我不知道现在他们各自在哪儿,我只听说他们后来还是分手了。十九年中,我自己也有过爱情的经历了,现在要是有个二十一岁的人问我爱情都是什么。大概我也只能回答:真的,这可能从来就不是能说得清的。无论她是什么,她都很少属于语言,而是全部属于心的。还是那位台湾作家三毛说得对:爱如禅,不能说不能说,一说就错。那也是在一个童话的结尾处,上帝为我们能够永远地追寻着活下去,而设置的一个残酷却诱人的谜语。

二十一岁过去,我被朋友们抬着出了医院,这是我走进医院时怎么也没料到的。我没有死,也再不能走,对未来怀着希望也怀着恐惧。在以后的年月里,还将有很多我料想不到的事发生,我仍旧有时候默念着"上帝保佑"而陷入茫然。但是有一天我认识了神,他有一个更为具体的名字——精神。在科学的迷茫之处，在命运的混沌之点，人唯有乞灵于自己的精神。不管我们信仰什么，都是我们自己的精神的描述和引导。

扶轮问路

坐轮椅竟已坐到了第三十三个年头，用过的轮椅也近两位数了，这实在是件没想到的事。1980年秋天，"肾衰"初发，我问过柏大夫："敝人刑期尚余几何？"她说："阁下争取再活十年。"都是玩笑的口吻，但都明白这不是玩笑——问答就此打住，急忙转移了话题，便是证明。十年，如今已然大大超额了。

那时还不能预见到"透析"的未来。那时的北京城仅限三环路以内。

那时大导演田壮壮正忙于毕业作品，一干年轻人马加一个秃顶的林洪桐老师，选中了拙作《我们的角落》，要把它拍成电视剧。某日躺在病房，只见他们推来一辆崭新的手摇车，要换我那辆旧的，说是把这辆旧的开进电视剧那才真实。手摇车，轮椅之一种，结构近似三轮摩托，唯动力是靠手摇。一样的东西，换成新的，明显值得再活十年。只可惜，出院时新的又换回成旧的，那时的拍摄经费比不得现在。

不过呢，还是旧的好，那是我的二十位同学和朋友的合资馈赠。其实是二十位母亲的心血——儿女们都还在插队，哪儿来的钱？那轮椅我用了很多年，摇着它去街道工厂干活，去地坛里读书，去"知青办"申请正式工作，在大街小巷里风驰或鼠窜，到城郊的旷野上看日落星出……摇进过深夜，也摇进过黎明，以及摇进过爱情但很快又摇出来。

1979年春节，摇着它，柳青骑车助我一臂之力，乘一路北风，我们去《春雨》编辑部参加了一回作家们的聚会。在那儿，我的写作头一回得到认可。那是座古旧的小楼，又窄又陡的木楼梯踩上去"咚咚"作响，一代青年作家们喊着号子把我连人带车抬上了二楼。"斯是陋室"——脱了漆的木地板，受过潮的木墙围，几盏老式吊灯尚存几分贵族味道……大家或坐或站，一起吃饺子，读作品，高谈阔论或大放厥词，真正是一个激情燃烧的年代。

所以，这轮椅殊不可以"断有情"，最终我把它送给了一位更不容易的残哥们儿。其时我已收获几笔稿酬，买了一辆更利远行的电动三轮车。

这电动三轮利于远行不假，也利于把人撂在半道儿。有两回，都是去赴苏炜家的聚会，走到半道儿，一回是链子断了，一回是轮胎扎了。那年代又没有手机，愣愣地坐着想了半晌，只好侧弯下身子去转动车轮，左轮转累了换只手再转右轮。回程时有了救兵，一次是陈建功，一次是郑万隆，骑车推着我走，到家已然半夜。

链子和轮胎的毛病自然好办，机电部分有了问题麻烦就大。幸有三位行家做我的专职维护，先是瑞虎，后是老鄂和徐杰。瑞虎出国走了，后二位接替上。直到现在，我座下这辆电动轮椅——此物之妙随后我会说到——出了毛病，也还是他们三位的事；瑞虎在国外找零件，老鄂和徐杰在国内施工，通过卫星或经由一条海底电缆，配合得无懈可击。

两腿初废时，我曾暗下决心：这辈子就在屋里看书，哪儿也不去了。可等到有一天，家人劝说着把我抬进院子，一见那青天朗照、杨柳和风，决心即刻动摇。又有同学和朋友们常来看我，带来那一个大世界里的种种消息，心就越发地活了，设想着，在那久别的世界里摇着轮椅走一走大约也算不得什么丑事。于是有了平生的第一辆轮椅。那是邻居朱二哥的设计，父亲捧了图纸，满城里跑着找人制作，跑了好些天，才有一家"黑白铁加工部"肯予接受。用材是两个自行车轮、两个万向轮并数根废弃的铁窗框。母亲为它缝制了坐垫和靠背。后又求人在其两侧装上支架，撑起一面木板，书桌、饭桌乃至吧台就都齐备。倒不单是图省钱，现在怕是没人会相信了，那年代连个像样的轮椅都没处买；偶见"医疗用品商店"里有一款，其昂贵与笨重都可谓无比。

我在一篇题为"看电影"的散文中，也说到过这辆轮椅："一夜大雪未停，事先已探知手摇车不准入场，母亲便推着那辆自制的轮椅送我去……雪花纷纷地还在飞舞，在昏黄的路灯下仿佛一群飞蛾。路上的雪冻成了一道道冰棱子，母亲推得沉重，但母亲心里快乐……母亲知道我正打算写点儿什么，又知道我跟长影的一位导演有着通信，所以她觉得推我去看这电影是非常必要的，是一件大事。怎样的大事呢？我们一起在那条快乐的雪路上跋涉时，谁也没有把握，唯朦胧地都怀着希望。"

那一辆自制的轮椅，寄托了二老多少心愿！但是下一辆真正的轮椅来了，母亲却没能看到。

下一辆是《丑小鸭》杂志社送的，一辆正规并且做工精美的轮椅，全身的不锈钢，可折叠，可拆卸，两侧扶手下各有一金色的"福"字。

除了这辆轮椅，还有一件也是我多么希望母亲看见的事，她却没能看见：1983年，我的小说得了全国奖。

得了奖，像是有了点儿资本，这年夏天我被邀请参加了《丑小鸭》的"青岛笔会"。双腿瘫痪后，我才记起了立哲曾教我的"不要脸精神"，大意是：想干事你就别太要面子，就算不懂装懂，哥们儿你也得往行家堆儿里凑。立哲说这话时，我们都还在陕北，十八九岁。"文革"闹得我们都只上到初中，正是靠了此一"不要脸精神"，赤脚医生孙立哲的医道才得突飞猛进，在陕北的窑洞里做了不知多少手术，被全国顶尖的外科专家叹为奇迹。于是乎我便也给自己立个法：不管多么厚脸皮，也要多往作家堆儿里凑。幸而除了两腿不仁不义，其余的器官都还按部就班，便一闭眼，拖累着大伙儿去了趟青岛。

参照以往的经验，我执意要连人带那辆手摇车一起上行李车厢，理由是下了火车不也得靠它？其时全中国的出租车也未必能超过百辆，树生兄便一路陪伴。谁料此一回完全不似以往（上一次是去北戴河，下了火车由甘铁生骑车推我到宾馆），行李车厢内货品拥塞，密不透风，树生心脏本已脆弱，只好于一路挥汗谈笑之间频频吞服"速效救心"。

回程时我也怕了，托运了轮椅，随众人去坐硬座。进站口在车头，我们的车厢在车尾；身高马大的树纲兄背了我走，先还听他不紧不慢地安慰我，后便只闻其风箱也似的粗喘。待找到座位，偌大一个刘树纲竟似只剩下了一张煞白的脸。

《丑小鸭》不知现在还有没有。那辆"福"字牌轮椅，理应归功其首任社长胡石英。见我那手摇车抬上抬下着实不便，他自言自语道："有没有更轻便一点儿的？也许我们能送他一辆。"瞌睡中的刘树生急忙弄醒自己，接过话头儿："行啊，这事儿交给我啦，你只管报销就是。"胡石英欲言又止——那得多少钱呀，他心里也没底。那时铁良还在医疗设备厂工作，说正有一批中外合资的轮椅在试生产，好是好，就是贵。树生又是那句话："行啊，这事儿交给我啦，你去买来就是。"买来了，四百九十五块，1983年呀！据说胡社长盯着发票不断地咋舌。

这辆"福"字牌轮椅，开启了我走南闯北的历史。其实是众人推着、背着、抬着我，去看中国。先是北京作协的一群哥们儿送我回了趟陕北，见了久别的"清平湾"。后又有洪峰接我去长春领了个奖；父亲年轻时在东北林区待了好些年，所以沿途的大地名听着都耳熟。马原总想把我弄到西藏去看看，我说：下了飞机就有火葬场吗？吓得他只好请我去了趟沈阳。王安忆和姚育明推着我逛淮海路，是在1988年，那时她们还不知道，所谓"给我妹妹挑件羊毛衫"其实是借口，那时我又一次摇进了爱情，并且至今没再摇出来。少功、建功还有何立伟等等一大群人，更是把我抬上了南海舰队的鱼雷快艇。仅于近海小试风浪，已然触到了大海的威猛——那波涛看似柔软，一旦颠簸其间，竟是石头般的坚硬。又跟着郑义兄走了一回五台山，在"佛母洞"前汽车失控，就要撞下山崖时被一块巨石挡住。大家都说"这车上必有福将"，我心说是我呀，没见轮椅上那个"福"字？1996年迈平请我去斯德哥尔摩开会，算是头一回见了外国。飞机缓缓降落时，我心里油然地冒出句挺有学问的话：这世界上果真是有外国呀！转年立哲又带我走了差不多半个美国，那时双肾已然怠工，我一路挣扎着看：大沙漠、大峡谷、大瀑布、大赌城……立哲是学医的，笑嘻嘻地闻一闻我的尿说："不要紧，味儿挺大，还能排毒。"其实他心里全明白。他所以急着请我去，就是怕我一旦"透析"就去不成了。他的哲学一向是：命，干吗用的？单是为了活着？

说起那辆"福"字牌轮椅就要想起的那些人呢？如今都老了，有的已经过世。大伙儿推着、抬着、背着我走南闯北的日子，都是回忆了。这辆轮椅，仍然是不可"断有情"的印证。我说过，我的生命密码根本是两条：残疾与爱情。

如今我也是年近花甲了，手摇车是早就摇不动了，"透析"之后连一般的轮椅也用着吃力。上帝见我需要，就又把一种电动轮椅泊来眼前，临时寄存在王府井的医疗用品商店。妻子逛街时看见了，标价三万五。她找到代理商，砍价，不知跑了多少趟。两万九？两万七？两万六，不能再低啦小姐。好吧好吧，希米小姐偷着笑：你就是一分不降我也是要买的！这东西有趣，狗见了转着圈儿地冲它喊，孩子见了总要问身边的大人：它怎么自己会走呢？据说狗的智力相当于四五岁的孩子，它们都还不能把这椅子看成是一辆车。这东西才真正是给了我自由：居家可以乱串，出门可以独自疯跑，跳舞也行，打球也行，给条坡道就能上山。舞我是从来不会跳。球呢，现在也打不好了，再说也没对手——会的嫌我烦，不会的我烦他。不过呢，时隔三十几年我居然上了山——昆明湖畔的万寿山。

谁能想到我又上了山呢！
谁能相信，是我自己爬上了山的呢！
坐在山上，看山下的路，看那浩瀚并喧嚣着的城市，想起凡·高给提奥的信中有这样的话："我是地球上的陌生人，（这儿）隐藏了对我的很多要求"，"实际上我们穿越大地，我们只是经历生活"，"我们从遥远的地方来，到遥远的地方去……我们是地球上的朝拜者和陌生人"。

凡·高给弟弟提奥的信

坐在山上,看远处天边的风起云涌,心里有了一句诗:嗨,希米,希米/我怕我是走错了地方呢/谁想却碰见了你!——若把凡·高的那些话加在后面,差不多就是一首完整的诗了。

坐在山上,眺望地坛的方向,想那园子里"有过我的车辙的地方也都有过母亲的脚印";想那些个"又是雾罩的清晨,又是骄阳高悬的白昼……"想那些个"在老柏树旁停下,在草地上在颓墙边停下,又是处处虫鸣的午后,又是鸟儿归巢的傍晚……"想我曾经的那些个想:"我用纸笔在报刊上碰撞开的一条路,并不就是母亲盼望我找到的那条路……母亲盼望我找到的那条路到底是什么?"

有个回答突然跳来眼前:扶轮问路。是呀,这五十七年我都干了些什么?——扶轮问路,扶轮问路啊!但这不仅仅是说,有个叫史铁生的家伙,扶着轮椅,在这颗星球上询问过究竟。也不只是说,史铁生——这一处陌生的地方,如今我已经弄懂了他多少。更是说,譬如"法轮常转",那"轮"与"转"明明是指示着一条无限的路途——无限的悲怆与"有情",无限的蛮荒与惊醒……以及靠着无限的思问与祈告,去应和那存在之轮的无限之转!尼采说"要爱命运"。爱命运才是至爱的境界。"爱命运"即是爱上帝——上帝创造了无限种命运,要是你碰上的这一种不可心,你就恨他吗?"爱命运"也是爱众生——设若那一种不可心的命运轮在了别人,你就会松一口气怎的?而凡·高所说的"经历生活",分明是在暗示:此一处陌生的地方,不过是心魂之旅中的一处景观、一次际遇,未来的路途一样还是无限之问。

墙下短记

一些当时看去不太要紧的事却长久扎根在记忆里。它们一向都在那儿安睡，偶尔醒一下，睁眼看看，见你忙着（升迁或者遁世）就又睡去，很多年里它们轻得仿佛不在。千百次机缘错过，终于一天又看见它们，看见时光把很多所谓人生大事消磨殆尽，而它们坚定不移固守在那儿，沉沉地有了无比的重量。比如一张旧日的照片，拍时并不经意，随手放在哪儿，多年中甚至不记得有它，可忽然一天整理旧物时碰见了它，拂去尘埃，竟会感到那是你的由来也是你的投奔；而很多郑重其事的留影，却已忘记是在哪儿和为了什么。

近些年我常常想起一道墙，碎砖头垒的，风可以吹落砖缝间的细土。那道墙很长，至少在一个少年看来是很长，很长之后拐了弯儿，拐进一条更窄的小巷里去。小巷的拐角处有一盏街灯，紧挨着往前是一个院门，那里住过我少年时的一个同窗好友。叫他L吧。L和我能不能永远是好友，以及我们打完架后是否又言归于好，都不重要，重要的是我们一度形影不离，流动不居的生命有一段就由这友谊铺筑成。细密的小巷中，上学和放学的路上我们一起走，冬天和夏天，风声或蝉鸣，太阳到星空，十岁也许九岁的L曾对我说，他将来要娶班上一个（暂且叫她作M的）女生做老婆。L转身问我：

"你呢，想和谁？"我准备不及，想想，觉得M确是漂亮。L说他还要挣很多钱。"干吗？""废话，那时你还花你爸的钱呀？"少年之间的情谊，想来莫过于我们那时的无猜无防了。

我曾把一件珍爱的东西送给L。一本连环画呢，还是一个什么玩具？已经记不清。可是有一天我们打了架，为什么打架也记不清了，但丝毫不忘的是：打完架，我又去找L要回了那件东西。

老实说，单我一个人是不敢去要的，或者也想不起去要。是几个当时也对L不大满意的伙伴指点我、怂恿我，拍着胸脯说他们甘愿随我一同前去讨还，再若犹豫就成了笨蛋兼而傻瓜。就去了。走过那道很长很熟悉的墙，夕阳正在上面灿烂地照耀，但在我的记忆里，走到L家的院门时，巷角的街灯已经昏黄地亮了。这只可理解为记忆的作怪。

站在那门前，我有点害怕，身旁的伙伴便极尽动员和鼓励，提醒我：倘调头撤退，其可卑甚至超过投降。我不能推卸罪责给别人：跟L打架后，我为什么要把送给L东西的事情告诉别人呢？指点和怂恿都因此发生。我走进院中去喊L。L出来，听我说明来意，愣着看一会儿我，让我到大门外等着。L背着他的母亲，从屋里拿出那件东西交到我手里，不说什么，就又走回屋去。结束总是非常简单，咔嚓一下就都过去。

我和几个同来的伙伴在巷角的街灯下分手，各自回家。他们看看我手上那件东西，好歹说一句"给他干吗"，声调和表情都失去来时的热度，失望甚或沮丧料想都不由于那件东西。

我贴近墙根儿独自往回走，墙很长，很长而且荒凉，记忆在这儿又出了差误，好像还是街灯未亮、迎面的行人眉目不清的时候。晚风轻柔得让人无可抱怨，但魂魄仿佛被它吹离，飘起在黄昏中再消失进那道墙里去。捡根树枝，边走边在那墙上轻划，砖缝间的细

土一股股地垂流……咔嚓一下,所送走的,都扎根进记忆去酿制未来的问题。

那很可能是我对于墙的第一种印象。

随之,另一些墙也从睡中醒来。

几年前,有一天傍晚"散步",我摇着轮椅走进童年时常于其间玩耍的一片胡同。其实一向都离它们不远,屡屡在其周围走过,匆忙得来不及进去看望。

记得那儿曾有一面红砖短墙,墙头插满锋利的碎玻璃碴儿,我们一群八九岁的孩子总去搅扰墙里那户人家的安宁,攀上一棵小树,扒着墙沿央告人家把我们的足球扔出来。那面墙应该说藏得很是隐蔽,在一条死巷里,但可惜那巷口的宽度很适合做我们的球门,巷口外的一片空地是我们的球场。球难免是要踢向球门的,倘临门一脚踢飞,十之八九便降落到那面墙里去。墙里是一户善良人家,飞来物在我们的央告下最多被扣压十分钟。但有一次,那足球学着篮球的样子准确投入墙内的面锅,待一群孩子又爬上小树去看时,雪白的面条热气腾腾全滚在煤灰里。正是所谓"三年困难时期",足球事小,我们乘暮色抱头鼠窜。好几天后,我们由家长带领,以封闭"球场"为代价换回了那只足球。

条条小巷依旧,或者是更旧了。可能正是国庆期间,家家门上都插了国旗。变化不多,唯独那"球场"早被压在一家饭馆和一座公厕下面。"球门"对着饭馆的后墙,那户善良人家料必是安全得多了。

我摇着轮椅走街串巷,闲度国庆之夜。忽然又一面青灰色的墙叫我怦然心动,我知道,再往前去就是我的幼儿园了。青灰色的墙很高,里面有更高的树,树顶上曾有鸟窝,现在没了。到幼儿园去必要经过这墙下，一俟见了这面高墙，退步回家的希望即告断灭。那青灰色几近一种严酷的信号，令童年分泌恐怖。

这样的"条件反射"确立于一个盛夏的午后，所以记得清楚，是因为那时的蝉鸣最为浩大。那个下午母亲要出长差，到很远的地方去。我最高的希望是她不去出差，最低的希望是我可以不去幼儿园，在家，不离开奶奶。但两份提案均遭否决，据哭力争亦不奏效。如今想来，母亲是要在远行之前给我立下严明的纪律。哭声不停，母亲无奈说带我出去走走。"不去幼儿园！"出门时我再次申明立场。母亲领我在街上走，沿途买些好吃的东西给我，形势虽然可疑，但看看走了这么久又不像是去幼儿园的路，牵着母亲的长裙，心里略略地松坦。可是！好吃的东西刚在嘴里有了味道，迎头又来了那面青灰色高墙，才知道条条小路相通。虽立刻大哭，料已无济于事。但一迈进幼儿园的门槛，哭喊即自行停止，心里明白没了依靠，唯规规矩矩做个好孩子是得救的方略。幼儿园墙内，是必度的一种"灾难"，抑或只因为这一个孩子天生地怯懦和多愁。

三年前我搬了家，隔窗相望就是一所幼儿园，常在清晨的懒睡中就听见孩子进园前的嘶嚎。我特意去那园门前看过，抗拒进园的孩子其壮烈都像宁死不屈，但一落入园墙便立刻吞下哭声，恐惧变成冤屈，泪眼望天，抱紧着对晚霞的期待。不见得有谁比我更能理解他们，但早早地对墙有一点感受，不是坏事。

我最记得母亲消失在那面青灰色高墙里的情景。她当然是绕过那面墙走上了远途的，但在我的印象里，她是走进那面墙里去了。没有门，但是母亲走进去了，在那些高高的树上蝉鸣浩大，在那些高高的树下母亲的身影很小，在我的恐惧里那儿即是远方。

坐在窗前，看远近峭壁一般林立的高墙和矮墙。我现在有很多时间看它们。有人的地方一定有墙。我们都在墙里。没有多少事可以放心到光天化日下去做。规规整整的高楼叫人想起图书馆的目录柜,只有上帝可以去拉开每一个小抽屉,查阅亿万种心灵秘史,看见破墙而出的梦想都在墙的封护中徘徊。还有死神按期来到,伸手进去,抓阄儿似的摸走几个。

我们有时千里迢迢——汽车呀、火车呀、飞机可别一头栽下来呀——只像是为了去找一处不见墙的地方:荒原、大海、林莽甚至沙漠。但未必就能逃脱。墙永久地在你心里,构筑恐惧,也牵动思念。一只"飞去来器",从墙出发,又回到墙。你千里迢迢地去时,鲁滨孙正千里迢迢地回来。

哲学家先说是劳动创造了人,现在又说是语言创造了人。墙是否创造了人呢?语言和墙有着根本的相似:开不尽的门前是撞不尽的墙壁。结构呀、解构呀、后什么什么主义呀……啦啦啦,啦啦啦……游戏的热情永不可少,但我们仍在四壁的围阻中。把所有的墙都拆掉就不行吗?我坐在窗前用很多时间去幻想一种魔法,比如"啦啦啦,啦啦啦……"很灵验地念上一段咒语,唰啦一下墙都不见。怎样呢?料必大家一齐慌作一团(就像热油淋在蚁穴),上哪儿的不知道要上哪儿了,干吗的忘记要干吗了,漫山遍野地捕食去和睡觉去吗?毕竟又嫌趣味不够。然后大家埋头细想,还是要砌墙。砌墙盖房,不单为避风雨,因为大家都有些秘密,其次当然还有一些钱财。秘密,不信你去慢慢推想,它是趣味的爹娘。

其实秘密就已经是墙了。肚皮和眼皮都是墙,假笑和伪哭都是墙,只因这样的墙嫌软嫌累,才要弄些坚实耐久的来加密。就算这心灵之墙可以轻易拆除,但山和水都是墙,天和地都是墙,时间和空间都是墙,命运是无穷的限制,上帝的秘密是不尽的墙。真要把这秘密之墙都拆除,虽然很像似由来已久的理想接近了实现,但是等着瞧吧，满地球都怕要因为失去趣味而响起昏睡的鼾声，梦话亦不知从何说起。

趣味是要紧而又要紧的。秘密要好好保存。

探秘的欲望终于要探到意义的墙下。

活得要有意义，这老生常谈倒是任什么主义也不能推翻。加上个"后"字也是白搭。比如爱情，她能被物欲拐走一时，但不信她能因此绝灭。"什么都没啥了不起"的日子是要到头的，"什么都不必介意"的舞步可能"潇洒"地跳去撞墙。撞墙不死，第二步就是抬头，那时见墙上有字，写着：哥们儿你要上哪儿呢？这到底是要干吗？于是躲也躲不开，意义找上了门，债主的风度。

意义的原因很可能是意义本身。干吗要有意义？干吗要有生命？干吗要有存在？干吗要有有？重量的原因是引力，引力的原因呢？又是重量。学物理的告诉我：千万别把运动和能量，以及和时空分割开来理解。我随即得了启发：也千万别把人和意义分割开来理解。不是人有欲望，而是人即欲望。这欲望就是能量，是能量就是运动，是运动就走去前面或者未来。前面和未来都是什么和都是为什么？这必来的疑问使意义诞生，上帝便在第六天把人造成。上帝比靡菲斯特更有力量，任何魔法和咒语都不能把这一天的成就删除。在这一天以后所有的光阴里，你逃得开某种意义，但逃不开意义，如同你逃得开一次旅行但你逃不开生命之旅。

你不是这种意义，就是那种意义。什么意义都不是，就掉进昆德拉所说的"生命不能承受之轻"。你是一个什么呢？生命算是个什么玩意儿呢？轻得称不出一点重量你可就要消失。我向L讨回那件东西，归途中的惶茫因年幼而无以名状，如今想来，分明就是为了一个"轻"字：珍宝转眼被处理成垃圾，一段生命轻得飘散了，

没有了，以为是什么原来什么也不是，轻易、简单、灰飞烟灭。一段生命之轻，威胁了生命全面之重，惶茫往灵魂里渗透：是不是生命的所有段落都会落此下场？人的根本恐惧就在这个"轻"字上，比如歧视和漠视，比如嘲笑，比如穷人手里作废的股票，比如失恋和死亡。轻，最是可怕。

要求意义就是要求生命的重量。各种重量。各种重量在撞墙之时被真正测量。但很多重量，在死神的秤盘上还是轻，秤砣平衡在荒诞的准星上。因而得有一种重量，你愿意为之生也愿意为之死，愿意为之累，愿意在它的引力下耗尽性命。不是强言不悔，是清醒地从命。神圣是上帝对心魂的测量，是心魂被确认的重量。死亡降临时有一个仪式，灰和土都好，看往日轻轻地蒸发，但能听见，有什么东西沉沉地还在。不期还在现实中，只望还在美丽的位置上。我与L的情谊，可否还在美丽的位置上沉沉地有着重量？

不要熄灭破墙而出的欲望，否则鼾声又起。
但要接受墙。
为了逃开墙，我曾走到过一面墙下。我家附近有一座荒废的古园，围墙残败但仍坚固，失魂落魄的那些岁月里我摇着轮椅走到它跟前。四处无人，寂静悠久，寂静的我和寂静的墙之间，膨胀和盛开着野花，膨胀和盛开着冤屈。我用拳头打墙，用石头砍它，对着它落泪、喃喃咒骂，但是它轻轻掉落一点儿灰尘再无所动。天不变道亦不变。老柏树千年一日伸展着枝叶，云在天上走，鸟在云里飞，风踏草丛，野草一代一代落子生根。我转而祈求墙，双手合十，创造一种祷词或谶语，出声地诵念，求它给我死，要么还给我能走路的腿……睁开眼，伟大的墙还是伟大地矗立，墙下呆坐一个不被神明过问的人。空旷的夕阳走来园中，若是昏昏地睡去，梦里常掉进一眼枯井,井壁又高又滑,喊声在井里嗡嗡碰撞而已,没人能听见,井口上的风中也仍是寂静的冤屈。喊醒了,看看还是活着,喊声并没惊动谁,并不能惊动什么,墙上有青润的和干枯的苔藓,有蜘蛛细巧的网,死在半路的蜗牛的身后拖一行鳞片似的脚印,有无名少年在那儿一遍遍记下的3.1415926……

在这墙下,某个冬夜,我见过一个老人。记忆和印象之间总要闹出一些麻烦:记忆说未必是在这墙下,但印象总是把记忆中的那个老人搬来,真切地在这墙下。雪后,月光朦胧,车轮吱吱叽叽轧着雪路,是园中唯一的声响。这么走着,听见一缕悠沉的箫声远远传来,在老柏树摇落的雪雾中似有似无,尚不能识别那曲调时已觉其悠沉之音恰好碰住我的心绪。侧耳屏息,听出是《苏武牧羊》。曲终,心里正有些凄怆,忽觉墙影里一动,才发现一个老人背壁盘腿端坐在石凳上,黑衣白发,有些玄虚。雪地和月光,安静得也似非凡。竹箫又响,还是那首流放绝地、哀而不死的咏颂。原来箫声并不传自远处,就在那老人唇边。也许是气力不济,也许是这古曲一路至今光阴坎坷,箫声若断若续并不高亢,老人颤颤的吐纳之声亦可悉闻。一曲又尽,老人把箫管轻横腿上,双手摊放膝头,看不清他是否闭目。我惊诧而至感激,一遍遍听那箫声和箫声断处的空寂,以为是天谕或神来引领。

那夜的箫声和老人,多年在我心上,但猜不透其引领指向何处。仅仅让我活下去似乎用不着这样神秘。直到有一天我又跟那墙说话,才听出那夜箫声是唱着"接受",接受天命的限制。(达摩的面壁是不是这样呢?)接受残缺。接受苦难。接受墙的存在。哭和喊都是要逃离它,怒和骂都是要逃离它,恭维和跪拜还是想逃离它。失魂落魄的年月里我常去跟那墙谈话,对,说出声,默想不能逃离它时就出声地责问,也出声地请求、商量,所谓软硬兼施。但

毫无作用，谈判必至破裂，我的一切条件它都不答应。墙，要你接受它，就这么一个意思反复申明，不卑不亢，直到你听见。直到你不是更多地问它，而是听它更多地问你，那谈话才称得上谈话。

我一直在写作，但一直觉得并不能写成什么，不管是作品还是作家还是主义。用笔和用电脑，都是对墙的谈话，是如衣食住行一样必做的事。搬家搬得终于离那座古园远了，不能随便就去，此前就料到会怎样想念它，不想最为思恋的竟是那四面矗立的围墙；年久无人过问，记得那墙头的残瓦间长大过几棵小树。但不管何时何地，一闭眼，即刻就到那墙下。寂静的墙和寂静的我之间，野花膨胀着花蕾，不尽的路途在不尽的墙间延展，有很多事要慢慢对它谈，随手记下谓之写作。

秋天的怀念

秋天的怀念

　　双腿瘫痪后,我的脾气变得暴怒无常。望着望着天上北归的雁阵,我会突然把面前的玻璃砸碎;听着听着李谷一甜美的歌声,我会猛地把手边的东西摔向四周的墙壁。母亲就悄悄地躲出去,在我看不见的地方偷偷地听着我的动静。当一切恢复沉寂,她又悄悄地进来,眼边儿红红的,看着我。"听说北海的花儿都开了,我推着你去走走。"她总是这么说。母亲喜欢花,可自从我的腿瘫痪后,她侍弄的那些花都死了。"不,我不去!"我狠命地捶打这两条可恨的腿,喊着:"我可活什么劲儿!"母亲扑过来抓住我的手,忍住哭声说:"咱娘儿俩在一块儿,好好儿活,好好儿活……"

　　可我却一直都不知道,她的病已经到了那步田地。后来妹妹告诉我,她常常肝疼得整宿整宿翻来覆去地睡不了觉。

　　那天我又独自坐在屋里,看着窗外的树叶唰唰啦啦地飘落。母亲进来了,挡在窗前:"北海的菊花开了,我推着你去看看吧。"她憔悴的脸上现出央求般的神色。"什么时候?""你要是愿意,就明天?"她

"秋天"具有较强的象征意味,既是作者不幸遭遇和暗淡心情的写照,同时也指作者是在"秋天"走出人生低谷,开始乐观面对生活。

"悄悄地"是为了给"我"尽情发泄的空间,"偷偷地"表现母亲对"我"的不放心和关注,"眼边儿红红的"则是她强忍悲伤,呵护儿子。这些细节体现了母亲无私的爱,回忆因此更显动人。

"唰唰啦啦"是口语拟声词,树叶"唰唰"地落,是秋天的哀婉的叹息,也是作者内心难以名状的悲伤。对自然景象的有声述写,能更准确、生动地传达作者内心世界的活动。

说。我的回答已经让她喜出望外了。"好吧，就明天。"我说。她高兴得一会儿坐下，一会儿站起："那就赶紧准备准备。""哎呀，烦不烦？几步路，有什么好准备的！"她也笑了，坐在我身边，絮絮叨叨地说着："看完菊花，咱们就去'仿膳'，你小时候最爱吃那儿的豌豆黄儿。还记得那回我带你去北海吗？你偏说那杨树花是毛毛虫，跑着，一脚踩扁一个……"她忽然不说了。对于"跑"和"踩"一类的字眼儿，她比我还敏感。她又悄悄地出去了。

她出去了，就再也没回来。

邻居们把她抬上车时，她还在大口大口地吐着鲜血。我没想到她已经病成那样。看着三轮车远去，也绝没有想到那竟是永远的诀别。

邻居的小伙子背着我去看她的时候，她正艰难地呼吸着，像她那一生艰难的生活。别人告诉我，她昏迷前的最后一句话是："我那个有病的儿子和我那个还未成年的女儿……"

又是秋天，妹妹推我去北海看了菊花。黄色的花淡雅，白色的花高洁，紫红色的花热烈而深沉，泼泼洒洒，秋风中正开得烂漫。我懂得母亲没有说完的话。妹妹也懂。我俩在一块儿，要好好儿活……

> 前文"妹妹告诉我"是第一次插叙，这里再次运用插叙，通过"别人告诉我"增强了说服力，更好地刻画了母亲一心为儿女，毫不为己的无私形象。
>
> 以"去北海看了菊花"收束全文，使文章结构照应，同时深化主题。明艳的菊花，既象征着母亲"好好儿活"的愿望最终实现，也象征着"我"排除了焦虑和惶恐，超越了痛苦和孤独后选择的面对苦难人生的方式。

老海棠树

如果可能,如果有一块空地,不论窗前屋后,要是能随我的心愿种点儿什么,我就种两棵树。一棵合欢,纪念母亲。一棵海棠,纪念我的奶奶。

奶奶,和一棵老海棠树,在我的记忆里不能分开;好像她们从来就在一起,奶奶一生一世都在那棵老海棠树的影子里张望。

老海棠树近房高的地方,有两条粗壮的枝丫,弯曲如一把躺椅,小时候我常爬上去,一天一天地就在那儿玩。奶奶在树下喊:"下来,下来吧,你就这么一天到晚待在上头不下来了?"是的,我在那儿看小人书,用弹弓向四处射击,甚至在那儿写作业,书包挂在房檐上。"饭也在上头吃吗?"对,在上头吃。奶奶把盛好的饭菜举过头顶,我两腿攀紧树丫,一个海底捞月把碗筷接上来。"觉呢,也在上头睡?"没错。四周是花香,

齐白石 绘

是蜂鸣，春风拂面，是沾衣不染海棠的花雨。奶奶站在地上，站在屋前，老海棠树下，望着我；她必是羡慕，猜我在上头是什么感觉，都能看见什么。

但她只是望着我吗？她常独自呆愣，目光渐渐迷茫，渐渐空荒，透过老海棠树浓密的枝叶，不知所望。

春天，老海棠树摇动满树繁花，摇落一地雪似的花瓣。我记得奶奶坐在树下糊纸袋，不时地冲我叨唠："就不说下来帮帮我？你那小手儿糊得多快！"我在树上东一句西一句地唱歌。奶奶又说："我求过你吗？这回活儿紧！"我说："我爸我妈根本就不想让您糊那破玩意儿，是您自己非要这么累！"奶奶于是不再吭声，直起腰，喘口气，这当儿就又呆呆地张望——从粉白的花间，一直到无限的天空。

或者夏天，老海棠树枝繁叶茂，奶奶坐在树下的浓荫里，又不知从哪儿找来了补花的活儿，戴着老花镜，埋头于床单或被罩，一针一线地缝。天色暗下来时她冲我喊："你就不能劳驾去洗洗菜？没见我忙不过来吗？"我跳下树，洗菜，胡乱一洗了事。奶奶生气了："你们上班上学，就是这么胡弄？"奶奶把手里的活儿推开，一边重新洗菜一边说："我就一辈子得给你们做饭？就不能有我自己的工作？"这回是我不再吭声。奶奶洗好菜，重新捡起针线，从老花镜上缘抬起目光，又会有一阵子愣愣地张望。

有年秋天，老海棠树照旧果实累累，落叶纷纷。早晨，天还昏暗，奶奶就起来去扫院子，"唰啦——唰啦——"，院子里的人都还在梦中。那时我大些了，正在插队，从陕北回来看她。那时奶奶一个人在北京，爸和妈都去了干校。那时奶奶已经腰弯背驼。唰啦唰啦的声音把我惊醒,赶紧跑出去:"您歇着吧我来,保证用不了三分钟。"可这回奶奶不要我帮。"咳,你呀!你还不懂吗?我得劳动。"我说:"可谁能看得见?"奶奶说:"不能那样,人家看不看得见是人家的事,我得自觉。"她扫完了院子又去扫街。"我跟您一块儿扫行不?""不行。"

这样我才明白,曾经她为什么执意要糊纸袋,要补花,不让自己闲着。有爸和妈养活她,她不是为挣钱,她为的是劳动。她的成分随了爷爷算地主。虽然我那个地主爷爷三十几岁就一命归天,是奶奶自己带着三个儿子苦熬过几十年,但人家说什么?人家说:"可你还是吃了那么多年的剥削饭!"这话让她无地自容。这话让她独自愁叹。这话让她几十年的苦熬忽然间变成屈辱。她要补偿这罪孽。她要用行动证明。证明什么呢?她想着她未必不能有一天自食其力。奶奶的心思我有点儿懂了:什么时候她才能像爸和妈那样,有一份名正言顺的工作呢?大概这就是她的张望吧,就是那老海棠树下屡屡的迷茫与空荒。不过,这张望或许还要更远大些——她说过:得跟上时代。

所以冬天,所有的冬天,在我的记忆里,几乎每一个冬天的晚上,奶奶都在灯下学习。窗外,风中,老海棠树枯干的枝条敲打着屋檐,摩擦着窗棂。奶奶曾经读一本《扫盲识字课本》,再后是一字一句地念报纸上的头版新闻。在《奶奶的星星》里我写过:她学《国歌》一课时,把"吼声"念成"孔声"。我写过我最不能原谅自己的一件事。奶奶举着一张报纸,小心地凑到我跟前:"这一段,你给我说说,到底什么意思?"我看也不看地就回答:"您学那玩意儿有用吗?您以为把那些东西看懂,您就真能摘掉什么帽子?"奶奶立刻不语,唯低头盯着那张报纸,半天半天目光都不移动。我的心一下子收紧，但知已无法弥补。"奶奶。""奶奶！""奶奶——"我记得她终于抬起头时，眼里竟全是惭愧，毫无对我的责备。

　　但在我的印象里，奶奶的目光慢慢地离开那张报纸，离开灯光，离开我，在窗上老海棠树的影子那儿停留一下，继续离开，离开一切声响甚至一切有形，飘进黑夜，飘过星光，飘向无可慰藉的迷茫与空荒……而在我的梦里，我的祈祷中，老海棠树也便随之轰然飘去，跟随着奶奶，陪伴着她，围拢着她；奶奶坐在满树的繁花中，满地的浓荫里，张望复张望，或不断地要我给她说说："这一段到底是什么意思？"——这形象，逐年地定格成我的思念，和我永生的痛悔。

（选自《记忆与印象》）

八 子

童年的伙伴，最让我不能忘怀的是八子。

几十年来，不止一次，我在梦中又穿过那条细长的小巷去找八子。巷子窄到两个人不能并行，两侧高墙绵延，巷中只一户人家。过了那户人家，出了小巷东口，眼前豁然开朗，一片宽阔的空地上有一棵枯死了半边的老槐树，有一处公用的自来水，有一座山似的煤堆。八子家就在那儿。梦中我看见八子还在那片空地上疯跑，领一群孩子呐喊着向那山似的煤堆上冲锋，再从煤堆爬上院墙，爬上房顶，偷摘邻居院子里的桑葚。八子穿的还是他姐姐穿剩下的那条碎花裤子。

八子兄弟姐妹一共十个。一般情况，新衣裳总是一、三、五、七、九先穿，穿小了，由排双数的继承。老七是个姐，故继承一事常让八子烦恼。好在那时无论男女，衣装多是灰、蓝二色，八子所以还能坦然。只那一条碎花裤子让他备感羞辱。那裤子紫地白花，七子一向珍爱还有点舍不得给，八子心说谢天谢地最好还是你自个儿留着穿。可是母亲不依，冲七子喊："你穿着小了，八子不穿谁穿？"七、八于是齐声叹气。八子把那裤子穿到学校，同学们都笑他，笑那是女人穿的，是娘们儿穿的，是"臭美妞儿才穿的呢！"八子羞愧得无地自容，以致蹲在地上用肥大的衣襟盖住双腿，半天

不敢起来，光是笑。八子的笑毫无杂质，完全是承认的表情，完全是接受的态度，意思是：没错儿，换了别人我也会笑他的，可惜这回是我。

大伙儿笑一回也就完了，唯一个可怕的孩子不依不饶。（这孩子，姑且叫他K吧；我在《务虚笔记》里写过，他矮小枯瘦但所有的孩子都怕他。他有一种天赋本领，能够准确区分孩子们的性格强弱，并据此经常地给他们排一排座次——我第一跟谁好，第二跟谁好……以及我不跟谁好——于是，孩子们便都屈服在他的威势之下。）K平时最怵八子，八子身后有四个如狼似虎的哥；K因此常把八子排在"我第一跟你好"的位置。然而八子特立独行，对K的威势从不在意，对K的拉拢也不领情。如今想来，K一定是对八子记恨在心，但苦于无计可施。这下机会来了——因为那条花裤子，K敏觉到降伏八子的时机到了。K最具这方面才能，看见谁的弱点立刻即知怎样利用。拉拢不成就要打击，K生来就懂。比如上体育课时，老师说："男生站左排，女生站右排。"K就喊："八子也站右排吧？"引得哄堂大笑，所有的目光一齐射向八子。再比如一群孩子正跟八子玩得火热，K踱步旁观，冷不丁拣其中最懦弱的一个说："你干吗不也穿条花裤子呀？"最懦弱的一个发一下蒙，便困窘地退到一旁。K再转向次懦弱的一个："嘿，你早就想跟臭美妞儿一块玩儿了是不是？"次懦弱的一个便也犹犹豫豫地离开了八子。我说过我生性懦弱，我不是那个最，就是那个次。我惶惶然离开八子，向K靠拢，心中竟跳出一个卑鄙的希望：也许，K因此可以把"跟我好"的位置往前排一排。

K就是这样孤立对手的，拉拢或打击，天生的本事，八子身后再有多少哥也是白搭。你甚至说不清道不白就已败在K的手下。八子所以不曾请他的哥哥们来帮忙，我想，未必是他没有过这念头，而是因为K的手段高超，甚至让你都不知何以申诉。你不得不佩服K。你不得不承认那也是一种天才。那个矮小枯瘦的K，当时才只有十一二岁！他如今在哪儿？这个我童年的惧怕，这个我一生的迷惑，如今在哪儿？时至今日我也还是弄不大懂，他那恶毒的能力是从哪儿来的。如今我已年过半百，所经之处仍然常能见到K的影子，所以我在《务虚笔记》中说过：那个可怕的孩子已经长大，长大得到处都在。

我投靠在K一边，心却追随着八子。所有的孩子也都一样，向K靠拢，但目光却羡慕地投向八子——八子仍在树上快乐地攀爬，在房顶上自由地蹦跳，在那片开阔的空地上风似的飞跑，独自玩得投入。我记得，这时K的脸上全是嫉恨，转而恼怒。终于他又喊了："花裤子！臭美妞儿！"怯懦的孩子们（我也是一个）于是跟着喊："花裤子！臭美妞儿！花裤子！臭美妞儿！"八子站在高高的煤堆上，脸上的羞惭已不那么纯粹，似乎也有了畏怯，疑虑，或是忧哀。

因为那条花裤子，我记得，八子也几乎被那个可怕的孩子打倒。

八子要求母亲把那条裤子染蓝。母亲说："染什么染？再穿一季，我就拿它做鞋底儿了。"八子说："这裤子还是让我姐穿吧。"母亲说："那你呢，光眼子？"八子说："我穿我六哥那条黑的。"母亲说："那你六哥呢？"八子说："您给他做条新的。"母亲说："嘿这孩子，什么时候挑起穿戴来了？边儿去！"

一个礼拜日，我避开K，避开所有别的孩子，去找八子。我觉着有愧于八子。穿过那条细长的小巷，绕过那座山似的煤堆，站在

那片空地上我喊:"八子!八子——!""谁呀?"不知八子在哪儿答应。"是我!八子,你在哪儿呢?""抬头,这儿!"八子悠然地坐在房顶上,随即扔下来一把桑葚:"吃吧,不算甜,好的这会儿都没了。"我暗自庆幸,看来他早把那些不愉快的事给忘了。

我说:"你下来。"

八子说:"干吗?"

是呀,干吗呢?灵机一动我说:"看电影,去不去?"

八子回答得干脆:"看个屁,没钱!"

我心里忽然一片光明。我想起我兜里正好有一毛钱。

"我有,够咱俩的。"

八子立刻猫似的从树上下来。我把一毛钱展开给他看。

"就一毛呀?"八子有些失望。

我说:"今天礼拜日,说不定有儿童专场,五分一张。"

八子高兴起来:"那得找张报纸瞅瞅。"

我说:"那你想看什么?"

"我?随便。"但他忽然又有点儿犹豫,"这行吗?"意思是:花你的钱?

我说:"这钱是我自己攒的,没人知道。"

走进他家院门时,八子又拽住我:"可别跟我妈说,听见没有?"

"那你妈要是问呢?"

八子想了想:"你就说是学校有事。"

"什么事?"

"你丫编一个不得了?你是中队长,我妈信你。"

好在他妈什么也没问。他妈和他哥、他姐都在案前埋头印花(即在空白的床单、桌布或枕套上印出各种花卉的轮廓,以便随后由别人补上花朵和枝叶)。我记得,除了八子和他的两个弟弟——九儿和石头,当然还有他父亲,他们全家都干这活儿,没早没晚地干,油彩染绿了每个人的手指,染绿了条案,甚至墙和地。

报纸也找到了,场次也选定了,可意外的事发生了。九儿首先看穿了我们的秘密。八子冲他挥挥拳头:"滚!"可随后石头也明白了:"什么,你们看电影去?我也去!"八子再向石头挥拳头,但已无力。石头说:"我告妈去!"八子说:"你告什么?""你花人家的钱!"八子垂头丧气。石头不好惹,石头是爹妈的心尖子,石头一哭,从一到九全有罪。

"可总共就一毛钱!"八子冲石头嚷。

"那不管,反正你去我也去。"石头抱住八子的腰。

"行,那就都甭去!"八子拉着我走开。

但是九儿和石头寸步不离。

八子说:"我们上学校!"

九儿和石头说:"我们也上学校。"

八子笑石头:"你?是我们学校的吗你?"

石头说:"是!妈说明年我也上你们学校。"

八子拉着我坐在路边。九儿拉着石头跟我们面对面坐下。

八子几乎是央求了:"我们上学校真是有事!"

九儿说:"谁知道你们有什么事?"

石头说:"没事怎么了,就不能上学校?"

八子焦急地看着太阳。九儿和石头耐心地盯着八子。

看看时候不早了,八子说:"行,一块儿去!"

我说:"可我真的就一毛钱呀!"

"到那儿再说。"八子冲我使眼色,意思是:瞅机会把他们甩了

还不容易?

横一条胡同,竖一条胡同,八子领着我们曲里拐弯地走。九儿说:"别蒙我们,八子,咱这是上哪儿呀?"八子说:"去不去?不去你回家。"石头问我:"你到底有几毛钱?"八子说:"少废话,要不你甭去。"曲里拐弯,曲里拐弯,我看出我们绕了个圈子差不多又回来了。九儿站住了:"我看不对,咱八成真是走错了。"八子不吭声,拉着石头一个劲儿往前走。石头说:"咱抄近道走,是不是八子?"九儿说:"近个屁,没准儿更远了。"八子忽然和蔼起来:"九儿,知道这是哪儿吗?"九儿说:"这不还是北新桥吗?"八子说:"石头,从这儿,你知道怎么回家吗?"石头说:"再往那边不就是你们学校了吗?我都去过好几回了。""行!"八子夸石头,并且胡噜胡噜他的头发。九儿说:"八子,你想干吗?"八子吓了一跳,赶紧说:"不干吗,考考你们。"这下八子放心了,若无其事地再往前走。

变化只在一瞬间。在一个拐弯处,说时迟那时快,八子一把拽起我钻进了路边的一家院门。我们藏在门背后,紧贴墙,大气不出,听着九儿和石头的脚步声走过门前,听着他们在那儿徘徊了一会儿,然后向前追去。八子探出头瞧瞧,说一声"快",我们跳出那院门,转身向电影院飞跑。

但还是晚了,那个儿童专场已经开演半天了。下一场呢?下一场是成人场,最便宜的也得两毛一位了。我和八子站在售票口前发呆,真想把时钟倒拨,真想把价目牌上的两角改成五分,真想忽然从兜里又摸出几毛钱。

"要不,就看这场?"

"那多亏呀？都演过一半了。"

"那，买明天的？"

我和八子再到价目牌前仰望：明天，上午没有儿童场，下午呢？还是没有。"干脆就看这场吧？""行，半场就半场。"但是卖票的老头说："钱烧的呀你们俩？这场说话就散啦！"

八子沮丧地倒在电影院前的台阶上，不知从哪儿捡了张报纸，盖住脸。

我说："嘿八子，你怎么了？"

八子说："没劲！"

我说："这一毛钱我肯定不花，留着咱俩看电影。"

八子说："九儿和石头这会儿肯定告我妈了。"

"告什么？"

"花别人的钱看电影呗。"

"咱不是没看吗？"

八子不说话，唯呼吸使脸上的报纸起伏掀动。

我说："过几天，没准儿我还能再攒一毛呢，让九儿和石头也看。"

有那么一会儿，八子脸上的报纸也不动了，一丝都不动。

我推推他："嘿，八子？"

八子掀开报纸说："就这么不出气儿，你能憋多会儿？"

我便也就地躺下。八子说"开始"，我们就一齐憋气。憋了一回，八子比我憋得长。又憋了一回，还是八子憋得长。憋了好几回，就一回我比八子憋得长。八子高兴了，坐起来。

我说："八成是你那张报纸管用。"

"报纸？那行，我也不用。"八子把报纸甩掉。

我说："甭了，我都快憋死了。"

八子看看太阳，站起来："走，回家。"

我坐着没动。

八子说："走哇？"

我还是没动。

八子说："怎么了你？"

我说："八子你真的怕K吗？"

八子说："操，我还想问你呢。"

我说："你怕他吗？"

八子说："你呢？"

我不知怎样回答，或者是不敢。

八子说："我瞧那小子，顶他妈不是东西！"

"没错儿，丫老说你的裤子。"

"真要是打架，我怕他？"

"那你怕他什么？"

"不知道。你呢？"

"我也不知道。"

现在想来，那天我和八子真有点儿当年张学良和杨虎城的意思。

终于八子挑明了。八子说："都赖你们，一个个全怕他。"

我赶紧说："其实，我一点儿都不想跟他好。"

八子说："操，那小子有什么可怕的？"

"可是，那么多人，都想跟他好。"

"你管他们干吗？"

"反正，反正他要是再说你的裤子，我肯定不说。"

"他不就是不跟咱玩吗？咱自己玩，你敢吗？"

"咱俩？行！"

"到时候你又不敢。"

"敢，这回我敢了。可那得，咱俩谁也不能不跟谁好。"

"那当然。"

"拉钩，你干不干？"

"拉钩上吊，一百年不许变！拉钩上吊，一百年不许变——"

"他要不跟你好，我跟你好。"

"我也是，我老跟你好。"

"拉钩上吊，一百年不许变——拉钩上吊，一百年不许变——"

轰的一声，电影院的门开了，人流如涌，鱼贯而出，大人喊孩子叫。

我和八子拉起手，随着熙攘的人流回家。现在想起来，我那天的行为是否有点儿狡猾，甚至丑恶？那算不算是拉拢，像K一样？不过，那肯定算得上是一次阴谋造反！但是那一天，那一天和这件事，忽然让我不再觉得孤单，想起明天也不再觉得惶恐、忧哀，想起小学校的那座庙院也不再觉得那么阴郁和荒凉。

我和八子手拉着手，过大街，走小巷，又到了北新桥。忽然，一阵炸灌肠的香味儿飘来。我说："嘿，真香！"八子也说："嗯，香！"四顾之时，见一家小吃摊就在近前。我们不由得走过去，站在摊前看。大铁铛上"嗞啦嗞啦"地冒着油烟，一盘盘粉红色的灌肠盛上来，再浇上蒜汁，晶莹剔透煞是诱人。摊主不失时机地吆喝："热灌肠啊！不贵啦！一毛钱一盘的热灌肠呀！"我想那时我一定是两眼发直，唾液盈口，不由得便去兜里摸那一毛钱了。

"八子，要不咱先吃了灌肠再说吧？"

八子不示赞成，也不反对，意思是：钱是你的。

一盘灌肠我们两人吃，面对面，鼻子几乎碰着鼻子。八子脸上

又是愧然地笑了,笑得毫无杂质,意思是:等我有了钱吧,现在可让我说什么呢?

那灌肠真是香啊,人一生很少有机会吃到那么香的东西。

(选自《记忆与印象》)

看电影

我和八子一起去的那家影院，叫交道口影院。小时候，我家附近，方圆五六里内，只这一家影院。此生我看过的电影，多半是在那儿看的。

"上哪儿呀您？""交道口。"或者："您这是干吗去？""交道口。"在我家那一带，这样的问答已经足够了，不单问者已经明白，听见的人便都知道，被问者是去看电影的。所以，在我童年一度的印象里，交道口和电影院是同义的。记得有一回在街上，一个人问我："小孩儿，交道口怎么走？"我指给他："往前再往右，一座灰楼。""灰楼？"那人不解。我说："写着呢，老远就能看见——交道口影院。"那人笑了："影院干吗？我去交道口！交道口，知道不？"这下轮到我发蒙了。那人着急："好吧好吧，交道口影院，怎么走？"我再给他指一遍；心说这不结了，你知道还是我知道？但也就在这时，我忽然醒悟：那电影院是因地处交道口而得名。

80年代末这家电影院拆了。这差不多能算一个时代的结束，从此我很少看电影了，一是票价忽然昂贵，二是有了录像和光盘，动听的说法是"家庭影院"。

但我还是怀念"交道口"，那是我的电影启蒙地。我平生看过的第一部电影是《神秘的旅伴》，片名是后来母亲告诉我的。我只

《神秘的旅伴》剧照

记得一个漂亮的女人总在银幕上颠簸,神色慌张,其身形时而非常之大,以至大出银幕,时而又非常之小,小到看不清她的脸。此外就只是些破碎的光影,几张晃动的、丑陋的脸。我仰头看得劳累,大约是太近银幕之故。散场时母亲见我还睁着眼,抱起我,竟有骄傲的表情流露。回到家,她跟奶奶说:"这孩子会看电影了,一点儿都没睡。"我却深以为憾:那儿也能睡吗,怎不早说?奶奶问我:"都看见什么了?"我转而问母亲:"有人要抓那女的?"母亲大喜过望:"对呀!坏人要害小黎英。"我说:"小黎英长得真好看。"奶奶拊掌大笑道:"就怕这孩子长大了没别的出息。"

通往交道口的路,永远是一条快乐的路。那时的北京蓝天白云,细长的小街上一半是灰暗错落的屋影,一半是安闲明澈的阳光。一票在手有如节日,几个伙伴相约一路,可以玩弹球儿,可以玩"骑马打仗"。还可在沿途的老墙和院门上用粉笔画一条连续的波浪,碰上院门开着,便站到门旁的石磴上去,踮着脚尖让那波浪越过门楣,务使其毫不间断。倘若敞开的院门里均无怒吼和随后的追捕,这波浪便可能一直画到影院的台阶上。

坐在台阶上,等候影院开门,钱多的更可以买一根冰棍骄傲地嘬。大家瞪着眼看他和他的冰棍,看那冰棍迅速地小下去,必有人忍无可忍,说:"喂,开咱一口。"开者嘬也,你就要给他嘬上一口。继续又有人说了:"也开咱一口。"你当然还要给,快乐的日子里做人不能太小气。大家在灿烂的阳光下坐成一排，舒心地等候，小心地嘬——这样的时刻似乎人人都有责任感，谁也不忍一口嘬去太多。

有部反特片《徐秋影案件》，甚是难忘。那是我头一回看露天电影，就在我们小学的操场上。票价二分，故所有的孩子都得到了家长的赞助。晚霞未落，孩子们便一群一伙地出发了，扛个小板凳，或沿途捡两块砖头，希望早早去占个好位置。天黑时，白色的银幕升起来，就挂在操场中央，月亮下面。幕前幕后都坐满了人。有一首流行歌曲怀念过这样的情景，其中一句大意是：如今再也看不到银幕背后的电影了。

那个电影着实阴森可怖，音乐一惊一乍地令人毛骨悚然，黑白的光影里总好像暗伏杀机。尤其是一个漂亮女人（后来才知是特务），举止温文尔雅，却怎么一颦一笑总显得犹疑、警惕？影片演到一半，夜风忽起，银幕飘飘抖抖更让人难料凶吉。我身上一阵阵地冷，想看又怕看，怕看但还是看着。四周树影沙沙，幕边云移月走，剧中的危惧融入夜空，仿佛满天都是凶险，风中处处阴谋。

好不容易挨到散场，八子又有建议："咱玩抓特务吧。"我想回家。八子说不行，人少了怎么玩？月光清清亮亮，操场上只剩了几个放电影的人在收银幕。谁当特务呢？白天会抢着当的，这会儿没人争取。特务必须独往独来，天黑得透，一个人还是怕。耗子最先有了主意："瞧，那老头！"八子顺着她的手指看："那老头？行，就是他！"小不点说："没错儿，我早注意他了，电影完了他干吗还不走？"那无辜的老头蹲在小树林边的暗影里抽烟，面目不清，烟火时明时暗。虎子说："老东西正发暗号呢！"八子压低声音："瞧瞧去，接暗号的是什么人？"一队人马便潜入小树林。八子说："这

哪儿行?散开!"于是散开,有的贴着墙根走,有的在地上匍匐,有的隐蔽在树后;吹一声口哨或学一声蛐蛐叫,保持联络。四处灯光不少,难说哪一盏与老头有关,如此看来就先包围了他再说吧。四面合围,一齐收紧,逼近那"老东西"。小不点儿眼尖,最先哧哧地笑起来:"虎子,那是你爷爷!"

几十年后我偶然在报纸上读到,《徐秋影案件》是根据了一个真实故事,但"徐秋影"跟虎子他爷爷那夜的遭遇一样,是个冤案。

模仿电影里的行动,是一切童年必有的乐事。比如现在的电影,多有拳争武斗,孩子们一招一式地学来,个个都像一方帮主。几十年前的电影呢,无非是打仗的、反特的、潜入敌营去侦察的;枪林弹雨,出生入死,严刑拷打,宁死不屈,最后必是胜利大反攻,咱的炮火愤怒而且猛烈,歼敌无数。因而,曾有一代少年由衷地向往那样的烽火硝烟。("首长,让我们上前线吧,都快把人憋死了!""怎么,着急了?放心,有你们的仗打。")是呀,打死敌人你就是英雄,被敌人打死你就还是英雄,这可是多么值得!故而冲锋号一响,银幕上炮火横飞——一批年轻人撂倒了另一批年轻人,一些被怀念的恋人消灭了另一些被怀念的恋人——场内立刻一片欢腾。是嘛,少男少女们花钱买票是为什么来的?开心,兴奋,自由欢叫,激情涌泄。这让我想通了如今的"追星族"。少年狂热古今无异,给他个偶像他就发烧,终于烧到哪儿去就不好说。比如我们这一代,忽然间就烧进了"文化大革命"。

"文化大革命"了,造反了,大批判了,电影是没的看了,电影院全关张了,电影统统地有问题了。电影厂也不再神秘,敞开大门,有请各位帮忙造反。有一回去北影看大字报,发现昔日的偶像都成了"黑帮",看来看去心里怪怪的。"黄世仁"和"穆仁智"一类倒也罢了,可"洪常青"和"许云峰"等等怎么回事?一旦弯在台上挨斗,可还是那般大义凛然?明白明白,要把演员和角色择开,但是明白归明白,心里还是怪怪的。

电影院关张了几年,忽有好消息传来:要演《列宁在十月》了,要演《列宁在一九一八》了。阿芙乐尔号的炮声又响了,这一回给咱送来了什么?人们一遍遍地看(否则看啥),一遍遍复习里面的台词(久疏幽默),一遍遍欣赏其中的芭蕾舞片段(多短的裙子和多美的其他),一遍遍凝神屏气看瓦西里夫妇亲吻(这两口子胆儿可真大)。在我的印象里,就从这时,国人的审美立场发生着动摇,竭力在炮火狼烟中拾捡温情,在一个执意不肯忘记仇恨的年代里思慕着爱恋。

《艳阳天》是停顿了若干年后中国的第一部国产片。该片上演时我已坐上轮椅,而且正打算写点什么。票很难买,电影院门前彻夜有人排队。托了人,总算买到一张票,我记得清楚,是早场五点多的,其他场次要有更强大的"后门"。

还是交道口,还是那条路,沿途的老墙上仍有粉笔画的波浪,真可谓代代相传。一夜大雪未停,事先已探知手摇车不准入场,母亲便推着那辆自制的轮椅送我去。那是我的第一辆轮椅,是父亲淘换了几根钢管回来求人给焊的,结构不很合理,前轮总不大灵活。雪花纷纷地还在飞舞,在昏黄的路灯下仿佛一群飞蛾。路上的雪冻成了一道道冰棱子,母亲推得沉重,但母亲心里快乐。(因为那是一条永远快乐的路吗?)母亲知道我正打算写点儿什么,又知道我跟长影的一位导演有着通信,所以她觉得推我去看这电影是非常必

要的,是一件大事。怎样的大事呢?我们一起在那条快乐的雪路上跋涉时,谁也没有把握,唯朦胧地都怀着希望。她把我推进电影院,安顿好,然后回家。谢天谢地她不必在外面等我,命运总算有怜恤她的时候——交道口离我家不远,她只需送我来,只需再接我回去。

再过几年,有了所谓"内部电影"。据说这类电影"四人帮"时就有,唯内部得更为严格。现在略有松动。初时百姓不知,见夜色中开来些大小轿车,纷纷在剧场前就位,跳出来的人们神态庄重,黑压压地步入剧场,百姓还以为是开什么要紧的会。内部者,即级别够高、立场够稳、批判能力够强、为各种颜色都难毒倒的一类。再就是内部的内部,比如老婆,又比如好友。影片嘛,东洋西洋的都有,据说运气好还能撞上半裸或全裸的女人。据说又有洁版和全版之分,这要视内部的级别高低而定。然而没有不透风的墙呀——检票员不得已而是"外部",放映员没办法也得是"外部",可外部难免也有其内部,比如老婆,又比如好友。如此一算,全国人民就都有机会当一两回内部,消息于是不胫而走。再有这类放映时,剧场前就比较沸腾,比较火爆,也不知从哪儿涌出来这么多的内部和外部!广大青年们尤其想:裸体!难道不是我们看了比你们看了更有作用?有那么一段不太长久的时期,一张内部电影票,便是身份或者本领的证明。

"内部电影"风风火火了一阵子之后,有人也送了我一张票。"啥名儿?""没准儿,反正是内部的。"无风的夏夜,树叶不动,我摇了轮椅去看平生的第一回内部电影。从雍和宫到那个内部礼堂,摇了一个多钟头,沿街都是乘凉的人群。那时我身体真好,再摇个把钟头也行。然而那礼堂的台阶却高，十好几层，我气喘吁吁地停车阶下，仰望阶上，心知凶多吉少。但既然来了，便硬着头皮喊那个检票人——请他从台阶上下来，求他帮忙想想办法让我进去。检票人听了半天，跑回去叫来一个领导。领导看看我："下不来？"我说是。领导转身就走，甩下一句话："公安局有规定，任何车辆不准入内。"倒是那个检票人不时向我投来抱歉的目光。我没做太多争取。我不想多做争辩。这样的事已不止十回，智力正常如我者早有预料。只不过碰碰运气。若非内部电影，我也不会跑这么远来碰运气。不过呢，来一趟也好，家里更是闷热难熬。况且还能看看内部电影之盛况，以往只是听说。这算不算体验生活？算不算深入实际？我退到路边，买根冰棍坐在树影里瞧。于是想念起交道口，那儿的人都认识我了，见我来了就打开太平门任我驱车直入——太平门前没有台阶。可惜那儿也没有内部电影，那儿是外部。那儿新来了个小伙子，姓项，那儿的人都叫他小项。奇怪小项怎么头一回见我就说："嘿哥们儿，也写部电影吧，咱们瞧瞧。"

小项不知现在何方。

小项猜对了。小项那样说的时候，我正在写一个电影剧本。那完全是因为柳青的鼓励。柳青，就是长影那个导演。第一次她来看我就对我说："干吗你不写点儿什么？"她说中了我的心思，但是电影，谁都能写吗？以后柳青常来看我，三番五次地总对我说："小说，或者电影，我看你真的应该写点儿什么。"既然一位专业人士对我有如此信心，我便悄悄地开始写了。既然对我有如此信心的是一位导演，我便从电影剧本开始。尤其那时，我正在一场不可能成功的恋爱中投注着全部热情，我想我必得做一个有为的青年。尤其我曾爱恋着的人，也对我抱着同样的信心——"真的，你一定

行"——我便没日没夜地满脑子都是剧本了。那时母亲已经不在,通往交道口的路上,经常就有一对暂时的恋人并步而行(其实是脚步与车轮)。暂时,是明确的,而暂时的原因,有必要深藏不露——不告诉别人,也避免告诉自己。但是暂时,只说明时间,不说明品质,在阳光灿烂的那条快乐的路上,在雨雪之中的那家影院的门廊下,爱恋,因其暂时而更珍贵。在幽暗的剧场里他们挨得很紧,看那辉煌的银幕时,他们复习着一致的梦想:有一天,在那儿,银幕上,"编剧"二字之后,"是你的名字"——她说;"是呀但愿"——我想。

然而,终于这一天到来之时,时间已经远远地超过了暂时。我独自看那"编剧"后面的三个字,早已懂得:有为,与爱情,原是风马牛不相及的两个领域。但暂时,亦可在心中长久,而写作,却永远地不能与爱情无关。

(选自《记忆与印象》)

老 家

　　常要在各种表格上填写籍贯，有时候我写北京，有时候写河北涿州，完全即兴。写北京，因为我生在北京长在北京，大约死也不会死到别处去了。写涿州，则因为我从小被告知那是我的老家，我的父母及祖上若干辈人都曾在那儿生活。查词典，"籍贯"一词的解释是：祖居或个人出生地。——我的即兴碰巧不错。

　　可是这个被称为老家的地方，我是直到四十六岁的春天才第一次见到它。此前只是不断地听见它。从奶奶的叹息中，从父母对它的思念和恐惧中，从姥姥和一些亲戚偶尔带来的消息里面，以及从对一条梦幻般的河流——拒马河——的想象之中，听见它。但从未见过它，连照片也没有。奶奶说，曾有过几张在老家的照片，可惜都在我懂事之前就销毁了。

　　四十六岁的春天，我去亲眼证实了它的存在；我跟父亲、伯父和叔叔一起，坐了几小时汽车到了老家。涿州——我有点儿不敢这样叫它。涿州太具体，太实际，因而太陌生。而老家在我的印象里一向虚虚幻幻，更多的是一种情绪，一种声音，甚或一种光线一种气息，与一个实际的地点相距太远。我想我不妨就叫它Z州吧，一个非地理意义的所在更适合连接起一个延续了四十六年的传说。

　　然而它果真是一个实实在在的地方，有残断的城墙，有一对接

近坍圮的古塔，市中心一堆蒿草丛生的黄土据说是当年钟鼓楼的遗址，当然也有崭新的酒店、餐馆、商厦，满街的人群，满街的阳光、尘土和叫卖。城区的格局与旧北京城近似，只是缩小些，简单些。中心大街的路口耸立着一座仿古牌楼（也许确凿是个古迹，唯因旅游事业而修葺一新），匾额上五个大字：天下第一州。中国的"天下第一"着实不少，这一回又不知是以什么为序。

我们几乎走遍了城中所有的街巷。父亲、伯父和叔叔一路指指点点感慨万千：这儿是什么，那儿是什么，此一家商号过去是什么样子，彼一座宅院曾经属于一户怎样的人家，某一座寺庙当年如何如何香火旺盛，庙会上卖风筝、卖兔爷、卖莲蓬、卖糖人儿、面茶、老豆腐……庙后那条小街曾经多么僻静呀，风传有鬼魅出没，天黑了一个人不敢去走……城北的大石桥呢？哦，还在还在，倒还是老样子，小时候上学放学他们天天都要从那桥上过，桥旁垂柳依依，桥下流水潺潺，当初可是Z州一处著名的景观啊……咱们的小学校呢？在哪儿？那座大楼吗？哎哎，真可是今非昔比啦……

我听见老家在慢慢地扩展，向着尘封的记忆深入，不断推新出陈。往日，像个昏睡的老人慢慢苏醒，唏嘘叹惋之间渐渐生气勃勃起来。历史因此令人怀疑。循着不同的情感，历史原来并不确定。

一路上我想，那么文学所求的真实是什么呢？文学看重的是那些沉默的心魂。历史惯以时间为序，勾画空间中的真实，艺术不满足这样的简化，所以去看这人间戏剧深处的复杂，在被普遍所遗漏的地方去询问独具的心流。我于是想起西川的诗：

我打开一本书／一个灵魂就苏醒／……／我阅读一个家族

的预言／我看到的痛苦并不比痛苦更多／历史仅记录少数人的丰功伟绩／其他人说话汇合为沉默

我的老家便是这样。Z州，一向都在沉默中。但沉默的深处悲欢俱在，无比生动。那是因为，沉默着的并不就是普遍，而独具的心流恰是被一个普遍读本简化成了沉默。

汽车缓缓行驶，接近史家旧居时，父亲、伯父和叔叔一声不响，唯睁大眼睛望着窗外。史家的旧宅错错落落几乎铺开一条街，但都久失修整，残破不堪。"这儿是六叔家。""这儿是二姑家。""这儿是七爷爷和七奶奶。""那边呢？噢，五舅曾在那儿住过。"……简短的低语，轻得像是怕惊动了什么，以致那一座座院落也似毫无生气，一片死寂。

汽车终于停下，停在了"我们家"的门口。

但他们都不下车，只坐在车里看，看斑驳的院门，看门两边的石礅，看屋檐上摇动的枯草，看屋脊上露出的树梢……伯父首先声明他不想进去："这样看看，我说就行了。"父亲于是附和："我说也是，看看就走吧。"我说："大老远来了，就为看看这房檐上的草吗？"伯父说："你知道这儿现在住的谁？""管他住的谁！""你知道人家会怎么想？人家要是问咱们来干吗，咱们怎么说？""胡汉三又回来了呗！"我说。他们笑笑，笑得依然谨慎。伯父和父亲执意留在汽车上，叔叔推着我进了院门。院子里没人，屋门也都锁着，两棵枣树尚未发芽，疙疙瘩瘩的枝条与屋檐碰撞发出轻响。叔叔指着两间耳房对我说："你爸和你妈，当年就在这两间屋里结的婚。""你看见的？""当然我看见的。那天史家的人去接你妈，我跟着去了。那时我十三四岁，你妈坐上花轿，我就跟在后头一路跑，直跑

回家……"我仔细打量那两间老屋,心想,说不定,我就是从这儿进入人间的。

从那院子里出来,见父亲和伯父在街上来来回回地走,向一个个院门里望,紧张,又似抱着期待。街上没人,处处都安静得近乎怪诞。"走吗?""走吧。"虽是这样说,但他们仍四处张望。"要不就再歇会儿?""不啦,走吧。"这时候街的那边出现一个人,慢慢朝这边走。他们便都往路旁靠一靠,看着那个人,看他一步步走近,看他走过面前,又看着他一步步走远。不认识。这个人他们不认识。这个人太年轻了他们不可能认识,也许这个人的父亲或者爷爷他们认识。起风了,风吹动屋檐上的荒草,吹动屋檐下的三顶白发。已经走远的那个人还在回头张望,他必是想:这几个老人站在那儿等什么?

离开Z州城,仿佛离开了一个牵魂索命的地方,父亲和伯父都似吐了一口气:想见她,又怕见她。哎,Z州啊!老家,只是为了这样的想念和这样的恐惧吗?

汽车断断续续地挨着拒马河走,气氛轻松些了。父亲说:"顺着这条河走,就到你母亲的家了。"叔叔说:"这条河也通着你奶奶的家。"伯父说:"哎,你奶奶呀,一辈子就是羡慕别人能出去上学、读书。不是你奶奶一再坚持,我们几个能上得了大学?"几个人都点头,又都沉默。似乎这老家,永远是要为她沉默的。我在《奶奶的星星》里写过,我小时候,奶奶每晚都在灯下念着一本扫盲课本,总是把《国歌》一课中的"吼声"错念成"孔声"。我记得,奶奶总是羡慕母亲,说她赶上了新时代,又上过学,又能到外面去工作……

拒马河在太阳下面闪闪发光。他们说这河以前要宽阔得多,水也比现在深,浪也比现在大。他们说,以前,这一块平原差不多都靠着这条河。他们说,那时候,在河湾水浅的地方,随时你都能摸上一条大鲤鱼来。他们说,那时候这河里有的是鱼虾、螃蟹、莲藕、鸡头米,苇子长得比人高,密不透风,五月节包粽子,米泡好了再去劈粽叶也来得及……

母亲的家在Z州城外的张村。那村子真是大,汽车从村东到村西开了差不多一刻钟。拒马河从村边流过,我们挨近一座石桥停下。这情景让我想起小时候读过的一课书:拒马河,靠山坡,弯弯曲曲绕村过……

父亲说:"就是这桥。"我们走上桥,父亲说:"看看吧,那就是你母亲以前住过的房子。"

高高的土坡上,一排陈旧的瓦房,围了一圈简陋的黄土矮墙,夕阳下尤其显得寂寞,黯然,甚至颓唐。那矮墙,父亲说原先没有,原先可不是这样,原先是一道青砖的围墙,原先还有一座漂亮的门楼,门前有两棵老槐树,母亲经常就坐在那槐树下读书……

这回我们一起走进那院子。院子里堆着柴草,堆着木料、灰沙,大约这老房是想换换模样了。主人不在家,只一群鸡"咯咯"地叫。

叔叔说:"就是这间屋。"

齐白石 绘

你爸就是从这儿把你妈娶走的。"

"真的?"

"问他呀。"

父亲避开我的目光,不说话,满脸通红,转身走开。我不敢再说什么。我知道那不是因为别的,是因为不能忘记的痛苦。母亲去世十年后的那个清明节,我和妹妹曾跟随父亲一起去给母亲扫墓,但是母亲的墓已经不见,那时父亲就是这样的表情,满脸通红,一言不发,东一头西一头地疾走,满山遍野地找寻着一棵红枫树,母亲就葬在那棵树旁。我曾写过:母亲离开得太突然,且只有四十九岁。那时我们三个都被这突来的噩运吓傻了,十年中谁也不敢提起母亲一个字,不敢说她,不敢想她,连她的照片也收起来不敢看……直到十年后,那个清明节,我们不约而同地说起该去看看母亲的坟了;不约而同——可见谁也没有忘记,一刻都没有忘记……

我看着母亲出嫁前住的那间小屋,不由得有一个问题:那时候我在哪儿?那时候是不是已经注定,四十多年之后她的儿子才会来看望这间小屋,来这儿想象母亲当年出嫁的情景?1948年,母亲十九岁。未来其实都已经写好了,站在我四十六岁的地方看,母亲的一生已在那一阵喜庆的唢呐声中一字一句地写好了,不可更改。那唢呐声,沿着时间,沿着阳光和季节,一路风尘雨雪,传到今天才听出它的哀婉和苍凉。可是,十九岁的母亲听见了什么?十九岁的新娘有着怎样的梦想?十九岁的少女走出这个院子的时候历史与她何干?她提着婚礼服的裙裾,走出屋门,有没有再看看这个院落?她小心或者急切地走出这间小屋,走过这条甬道,转过这个墙角,迈过这道门槛,然后驻足,抬眼望去,她看见了什么?啊,拒马河!拒马河上绿柳如烟,雾霭飘荡,未来就藏在那一片浩渺的苍茫之中……我循着母亲出嫁的路,走出院子,走向河岸,拒马河悲喜不惊,必像四十多年前一样,翻动着浪花,平稳浩荡奔其前程……

我坐在河边,想着母亲曾经就在这儿玩耍,就在这儿长大,也许她就攀过那棵树,也许她就戏过那片水,也许她就躺在这片草丛中想象未来,然后,她离开了这儿,走进了那个喧嚣的北京城,走进了一团说不清的历史。我转动轮椅,在河边慢慢走,想着:从那个坐在老槐树下读书的少女,到她的儿子终于来看望这座残破的宅院,这中间发生了多少事呀。我望着这条两端不见头的河,想:那顶花轿顺着这河岸走,锣鼓声渐渐远了,唢呐声或许伴母亲一路,那一段漫长的时间里她是怎样的心情?一个人,离开故土,离开童年和少年的梦境,大约都是一样——就像我去串联、去插队的时候一样,顾不上别的,单被前途的神秘所吸引,在那神秘中描画幸福与浪漫……

如今我常猜想母亲的感情经历。父亲憨厚老实到完全缺乏浪漫,母亲可是天生的多情多梦,她有没有过另外的想法?从那绿柳如烟的河岸上走来的第一个男人,是不是父亲?在那雾霭苍茫的河岸上执意不去的最后一个男人,是不是父亲?甚至,在那绵长的唢呐声中,有没有一个立于河岸一直眺望着母亲的花轿渐行渐杳的男人?还有,随后的若干年中,她对她的爱情是否满意?我所能做的唯一见证是:母亲对父亲的缺乏浪漫常常哭笑不得,甚至叹气连声,但这个男人的诚实、厚道,让她信赖终生。

母亲去世时,我坐在轮椅里连一条谋生的路也还没找到,妹妹才十三岁,父亲一个人担起了这个家。二十年,这二十年母亲在天国一定什么都看见了。二十年后一切都好了,那个冬天,一夜之间,父亲就离开了我们。他仿佛终于完成了母亲的托付,终于熬过了他不能不熬的痛苦、操劳和孤独，然后急着去找母亲了——既然她在这尘世间连坟墓都没有留下。

老家，Z州，张村，拒马河……这一片传说或这一片梦境，常让我想：倘那河岸上第一个走来的男人，或那河岸上执意不去的最后一个男人，都不是我的父亲，倘那个立于河岸一直眺望着母亲的花轿渐行渐杳的男人成了我的父亲，我还是我吗？当然，我只能是我，但却是另一个我了。这样看，我的由来是否过于偶然？任何人的由来是否都太偶然？都偶然，还有什么偶然可言？我必然是这一个。每个人都必然是这一个。所有的人都是一样，从老家久远的历史中抽取一个点，一条线索，作为开端。这开端，就像那绵绵不断的唢呐，难免会引出母亲一样的坎坷与苦难，但必须到达父亲一样的煎熬与责任，这正是命运要你接受的"想念与恐惧"吧。

（选自《记忆与印象》）

珊　珊

那些天珊珊一直在跳舞。那是暑假的末尾，她说一开学就要表演这个节目。

晌午，院子里很静。各家各户上班的人都走了，不上班的人在屋里伴着自己的鼾声。珊珊换上那件白色的连衣裙，"吱呀"一声推开她家屋门，走到老海棠树下，摆一个姿势，然后轻轻起舞。

"吱呀"一声，我也从屋里溜出来。

"干什么你？"珊珊停下舞步。

"不干什么。"

我煞有介事地在院子里看一圈，然后在南房的阴凉里坐下。

海棠树下，西番莲开得正旺，草茉莉和夜来香无奈地等候着傍晚。蝉声很远，近处是"嗡嗡"的蜂鸣，是盛夏的热浪，是珊珊的喘息。她一会儿跳进阳光，白色的衣裙灿烂耀眼，一会儿跳进树影，纷乱的图案在她身上漂移、游动；舞步轻盈，丝毫也不惊动海棠树上入睡的蜻蜓。我知道她高兴我看她跳，跳到满意时她瞥我一眼，说："去！"——既高兴我看她，又说"去"，女孩子真是搞不清楚。

我仰头去看树上的蜻蜓，一只又一只，翅膀微垂，睡态安详。其中一只通体乌黑，是难得的"老膏药"。我正想着怎么去捉它，珊珊喘吁吁地冲我喊："嘿快，快看哪你，就要到了。"

她开始旋转，旋转进明亮，又旋转得满身树影纷乱，闭上眼睛仿佛享受,或者期待,她知道接下来的动作会赢得喝彩。她转得越来越快,连衣裙像降落伞一样张开,飞旋飘舞,紧跟着一蹲,裙裾铺开在海棠树下,圆圆的一大片雪白,一大片闪烁的图案。

"嘿,芭蕾舞!"我说。

"笨死你,"她说,"这是芭蕾舞呀?"

无论如何我相信这就是芭蕾舞,而且我听得出珊珊其实喜欢我这样说。在一个九岁的男孩看来,芭蕾并非一个舞种,芭蕾就是这样一种动作——旋转,旋转,不停地旋转,让裙子飞起来。那年我可能九岁。如果我九岁,珊珊就是十岁。

又是"吱呀"一声,小恒家的屋门开了一条缝,小恒蹑手蹑脚地钻出来。

"有蜻蜓吗?"

"多着呢!"

小恒屁也不懂,光知道蜻蜓,他甚至都没注意珊珊在干吗。

"都什么呀?"小恒一味地往树上看。

"至少有一只'老膏药'!"

"是吗?"

小恒又钻回屋里,出来时得意地举着一小团面筋。于是我们就去捉蜻蜓了。一根竹竿,顶端放上那团面筋,竹竿慢慢升上去,对准"老膏药",接近它时要快要准,要一下子把它粘住。然而可惜,"老膏药"聪明透顶,珊珊跳得如火如荼它且不醒,我的手稍稍一抖它就知道,立刻飞得无影无踪。珊珊幸灾乐祸。珊珊让我们滚开。

"要不看你就滚一边儿去,到时候我还得上台哪,是正式演出。"

她说的是"你",不是"你们",这话听来怎么让我飘飘然有些欣慰呢？不过我们不走，这地方又不单是你家的！那天也怪，老海棠树上的蜻蜓特别多。珊珊只好自己走开。珊珊到大门洞里去跳，把院门关上。我偶尔朝那儿望一眼，门洞里幽幽暗暗，看不清珊珊高兴还是生气，唯一缕无声的雪白飘上飘下，忽东忽西。

那个中午出奇的安静。我和小恒全神贯注于树上的蜻蜓。

忽然，一声尖叫，随即我闻到了一股什么东西烧焦了的味儿。只见珊珊飞似的往家里跑，然后是她的哭声。我跟进去。床上一块黑色的烙铁印，冒着烟。院子里的人都醒了，都跑来看。掀开床单，褥子也糊了，揭开褥子，毡子也黑了。有人赶紧舀一碗水泼在床上。

"熨什么呢你呀？"

"裙子，我的连……连衣裙都皱了。"珊珊抽咽着说。

"咳，熨完就忘了把烙铁拿开了，是不是？"

珊珊点头，眼巴巴地望着众人，期待或可有什么解救的办法。

"没事儿你可熨它干吗？你还不会呀！"

"一开学我……我就得演出了。"

"不行了，褥子也许还凑合用，这床单算是完了。"

珊珊立刻号啕。

"别哭了，哭也没用了。"

"不怕，回来跟你阿姨说清楚，先给她认个错儿。"

"不哭了珊珊，不哭了，等你阿姨回来，我们大伙儿帮你说说（情）。"

可是谁都明白，珊珊是躲不过一顿好打了。

这是一个传统得不能再传统的故事。"阿姨"者，珊珊的继母。珊珊才到这个家一年多。此前好久，就有个又高又肥的秃顶男

人总来缠着那个"阿姨"。说缠着,是因为总听见他们在吵架,一宿一宿地吵,吵得院子里的人都睡不好觉。可是,吵着吵着忽然又听说他们要结婚了。这男人就是珊珊的父亲。这男人,听说还是个什么长。这男人我不说他胖而说他肥,是因他实在并不太胖,但在夏夜,他摆两条赤腿在树下乘凉,粉白的肉颤呀颤的,小恒说"就像肉冻",你自然会想起肥。据说珊珊一年多前离开的,也是继母。离开继母的家,珊珊本来高兴,谁料又来到一个继母的家。我问奶奶:"她亲妈呢?"奶奶说:"小孩儿,甭打听。""她亲妈死了吗?""谁说?""那她干吗不去找她亲妈?""你可不许去问珊珊,听见没?""怎么了?""要问,我打你。"我嬉皮笑脸,知道奶奶不会打。"你要是问,珊珊可就又得挨打了。"这一说管用,我想那可真是不能问了。我想珊珊的亲妈一定是死了,不然她干吗不来找珊珊呢?

草茉莉开了。夜来香也开了。满院子香风阵阵。下班的人陆续地回来了。炝锅声、炒菜声就像传染,一家挨一家地整个院子都热闹起来。这时有人想起了珊珊。"珊珊呢?"珊珊家烟火未动,门上一把锁。"也不添火也不做饭,这孩子哪儿去了?""坏了,八成是怕挨打,跑了。""跑了?她能上哪儿去呢?""她跟谁说过什么没有?"众人议论纷纷。我看他们既有担心,又有一丝快意——给那个所谓"阿姨"点儿颜色看,让那个亲爹也上点儿心吧!

奶奶跑回来问我:"珊珊上哪儿了你知道不?"

"我看她是找她亲妈去了。"

众人都来围着我问:"她跟你说了?""她是这么跟你说的吗?""她上哪儿去找她亲妈,她说了吗?"

"要是我,我就去找我亲妈。"

奶奶喊:"别瞎说!你倒是知不知道她上哪儿了?"

我摇头。

小恒说看见她买菜去了。

"你怎么知道她是买菜去了?"

"她天天都去买菜。"

我说:"你屁都不懂!"

众人纷纷叹气,又纷纷到院门外去张望,到菜站去问,在附近的胡同里喊。

我也一条胡同一条胡同地去喊珊珊。走过老庙,走过小树林,走过轰轰隆隆的建筑工地,走过护城河,到了城墙边。没有珊珊,没有她的影子。我爬上城墙,喊她,我想这一下她总该听见了。但是晚霞淡下去,只有晚风从城墙外吹过来。不过,我心里忽然有了一个想法。

我下了城墙往回跑,我相信我这个想法一定不会错。我使劲跑,跑过护城河,跑过工地,跑过树林,跑过老庙,跑过一条又一条胡同,我知道珊珊会上哪儿,我相信没错她肯定在那儿。

小学校。对了,她果然在那儿。

操场上空空旷旷,操场旁一点儿雪白。珊珊坐在花坛边,抱着肩,蜷起腿,下巴搁在膝盖上,晚风吹动她的裙裾。

"珊珊。"我叫她。

珊珊毫无反应。也许她没听见?

"珊珊,我猜你就在这儿。"

我肯定她听见了。我离她远远地坐下来。

四周有了星星点点的灯光。蝉鸣却是更加热烈。

我说:"珊珊,回家吧。"

可我还是不敢走近她。我看这时候谁也不敢走近她。就连她的"阿姨"也不敢。就连她亲爹也不敢。我看只有她的亲妈能走近她。

"珊珊,大伙儿都在找你哪。"

在我的印象里,珊珊站起来,走到操场中央,摆一个姿势,翩翩起舞。

四周已是万家灯火。四周的嘈杂围绕着操场上的寂静、空旷,还有昏暗,唯一缕白裙鲜明,忽东忽西,飞旋、飘舞……

"珊珊回去吧。""珊珊你跳得够好了。""离开学还有好几天哪,珊珊你就先回去吧。"我心里这样说着,但是我不敢打断她。

月亮爬上来,照耀着白色的珊珊,照耀着她不停歇的舞步;月光下的操场如同一个巨大的舞台。在我的愿望里,也许,珊珊你就这么尽情尽意地跳吧,别回去,永远也不回去,但你要跳得开心些,别这么伤感,别这么忧愁,也别害怕。你用不着害怕呀珊珊,因为,因为再过几天你就要上台去表演这个节目了,是正式的……

但是结尾,是这个故事最为悲惨的地方:那夜珊珊回到家,仍没能躲过一顿暴打。而她不能不回去,不能不回到那个继母的家。因为她无处可去。

因而在我永远的童年里,那个名叫珊珊的女孩一直都在跳舞。那件雪白的连衣裙已经熨好了,雪白的珊珊所以能够飘转进明亮,飘转进幽暗,飘转进遍地树影或是满天星光……这一段童年似乎永远都不会长大,因为不管何年何月,这世上总是有着无处可去的童年。

(选自《记忆与印象》)

玩 具

我有生的第一个玩具是一只红色的小汽车,铁皮轧制的外壳非常简单,有几个窗但没有门,从窗口望见一个惯性轮,把后车轮在地上摩擦几下便能"嗷嗷——"地跑。我现在还听得见它的声音。我不记得它最终是怎样离开我的了,有时候我设想它现在在哪儿,或者它现在变成了什么存在于何处。

但是我记得它是怎样来的。那天可谓双喜临门,母亲要带我去北海玩,并且说舅舅要给我买那样一只小汽车。母亲给我扣领口上的纽扣时,我记得心里充满庄严,在那之前和在那之后很久,我不知道世上还有比那小汽车更美妙更奢侈的玩具。到了北海门前,我东张西望并不见舅舅的影儿。我提醒母亲:"舅舅是不是真的要给我买个小汽车?"母亲说:"好吧,你站在这儿等着,别动,我一会儿就回来。"母亲就走进旁边的一排老屋。我站在离那排老屋几米远的地方张望,可能就从这时,那排老屋绿色的门窗、红色的梁柱和很高很高的青灰色台阶,走进了我永不磨灭的记忆。独自站了一会儿,我忽然醒悟,那是一家商店,可能舅舅早已经在里面给我买小汽车呢,我便走过去,爬上很高很高的台阶。屋里人很多,到处都是腿,我试图从拥挤的腿之间钻过去靠近柜台,但每一次都失败,刚望见柜台就又被那些腿挤开。那些腿基本上是蓝色的,不长眼睛。我在那些蓝色的旋涡里碰来转去,终于眼前一亮,却发现又站在商店门外了。不见舅舅也不见母亲,我想我还是站到原来的地方去吧,就又爬下很高很高的台阶,远远地望那绿色的门窗和红色的梁柱。一眨眼,母亲不知从哪儿来了,手里托着那只小汽车。我便有生第一次摸到了它,才看清它有几个像模像样的窗但是没有门——对此我一点儿都没失望,只是有过一秒钟的怀疑和随后好几年的设想,设想它应该有怎样一个门才好。我是一个容易惭愧的孩子,抱着那只小汽车觉得不应该只是欢喜。我问:"舅舅呢?他怎么还不出来?"母亲愣一下,随我的目光向那商店高高的台阶上张望,然后笑了,说:"不,舅舅没来。""不是舅舅给我买的吗?""是舅舅给你买的。""可他没来呀?""他给我钱,让我给你买。"这下我听懂了,我说:"是舅舅给的钱,是您给我买的对吗?""对。""那您为什么说是舅舅给我买的呢?""舅舅给的钱,就是舅舅给你买的。"我又糊涂了:"可他没来他怎么买呢?"那天在北海的大部分时间,母亲都在给我解释为什么这只小汽车是舅舅给我买的。我听不懂,无论母亲怎样解释我绝不能理解。甚至在以后的好几年中我依然冥顽不化固执己见,每逢有人问到那只小汽车的来历,我坚持说:"我妈给我买的。"或者再补充一句:"舅舅给的钱,我妈进到那排屋子里去给我买的。"

对,那排屋子:绿色的门窗,红色的柱子,很高很高的青灰色台阶。我永远不会忘。惠特曼的一首诗中有这样一段:

> 有一个孩子逐日向前走去;/他看见最初的东西,他就倾向那东西;/于是那东西就变成了他的一部分,在那一天,或在那一天的某一部分,/或继续了好几年,或好几年结成的伸展着的好几个时代。

正是这样，那排老屋成了我的一部分。很多年后，当母亲和那只小汽车都已离开我，当童年成为无比珍贵的回忆之时，我曾几次想再去看看那排老屋。可是非常奇怪，我找不到它。它孤零且残缺地留在我的印象里，绿色的门窗、红色的梁柱和高高的台阶……但没有方位没有背景周围全是虚空。我不再找它。空间中的那排屋子可能已经拆除，多年来它只作为我的一部分存在于我的时间里。

但是有一天我忽然发现了它。事实上我很多次就从它旁边走过，只是我从没想到那可能就是它。它的台阶是那样矮，以致我从来没把它放在心上。但那天我又去北海，在它跟前偶尔停留，见一个三四岁的孩子往那台阶上爬，他吃力地爬甚至手脚并用。我猛然醒悟，这么多年我竟忘记了一个最简单的逻辑：那台阶并不随着我的长高而长高。这时我才仔细打量它。绿色的门窗，对，红色的柱子和青灰色的台阶，对，是它，理智告诉我那应该就是它。心头一热，无比的往事瞬间涌来。我定定神退后几米，相信退到了当年的位置并像当年那样张望越久它越陌生，眼前的它与记忆中的它相去越远。从这时起，那排屋子一分为二，成为我的两部分，大不相同甚至完全不同的两部分。那么，如果我写它，我应该按照哪一个呢？我开始想：真实是什么。设若几十年后我老态龙钟再来看它，想必它会二分为三，成为我生命的三部分。那么真实，尤其说到客观的真实，到底是指什么？

(选自《散文三篇》)

在家者说

好运设计

要是今生遗憾太多，在背运的当儿，尤其在背运之后情绪渐渐平静了或麻木了，你独自待一会儿，抽支烟，不妨想一想来世。你不妨随心所欲地设想一下（甚至是设计一下）自己的来世。你不妨试试。在背运的时候，至少我觉得这不失为一剂良药——先可以安神，而后又可以振奋。就像输惯了的赌徒把屡屡的败绩置于脑后，输光了裤子也还是对下一局存着饱满的好奇和必赢的冲动。这没有什么不好。这有什么不好吗？无非是说迷信，好吧，你就迷信它一回。无非是说这不科学，行，况且对于走运和背运的事实，科学本来无能为力。无非说这是空想，这是自欺，是做梦，没用，那么希望有用吗？希望是不是必得在被证明了是可以达到的之后才能成立？当然，这些差不多都是废话，背了运的时候哪想得起来这么多废话？背了运的时候只是想走运有多么好，要是能走运有多好。到底会有多好呢？想想吧，想想没什么坏处，干吗不想一想呢？我就常常这样去想，我常常浪费很多时间去做这样的蠢事。

我想，倘有来世，我先要占住几项先天的优势：聪明、漂亮和一副好身体。命运从一开始就不公平，人一生下来就有走运的和不走运的。譬如说一个人很笨，生来就笨，这该怨他自己吗？然而由此所导致的一切后果却完全要由他自己负责——他可能因此在兄弟姐妹之中是最不被父母喜爱的一个，他可能因此常受老师的斥责和

同学们的嘲笑,他于是便更加自卑、更加委顿,饱受了轻蔑终也不知这事到底该怨谁。再譬如说,一个人生来就丑,相当丑,再怎么想办法去美容都无济于事,这难道是他的错误是他的罪过?不是。好,不是。那为什么就该他难得姑娘们的喜欢呢?因而婚事就变得格外困难,一旦有个漂亮姑娘爱上他却又赢得多少人的惊诧和不解,终于有了孩子,不要说别人就连他自己都希望孩子长得千万别像他自己。为什么就该他是这样呢?为什么就该他常遭取笑,常遭哭笑不得的外号,或者常遭怜悯,常遭好心人小心翼翼地对待呢?再说身体,有的人生来就肩宽腿长潇洒英俊(或者婀娜妩媚娉娉婷婷),生来就有一身好筋骨,跑得也快跳得也高,气力足耐力又好,精力旺盛,而且很少生病,可有的人却与此相反生来就样样都不如人。对于身体,我的体会尤甚。譬如写文章,有的人写一整天都不觉得累,可我连续写上三四个钟头眼前就要发黑。譬如和朋友们一起去野游,满心欢喜妙想联翩地到了地方,大家的热情正高雅趣正浓,可我已经累得只剩了让大家扫兴的份儿了。所以我真希望来世能有一副好身体。今生就不去想它了,只盼下辈子能够谨慎投胎,有健壮优美如卡尔·刘易斯一般的身材和体质,有潇洒漂亮如周恩来一般的相貌和风度,有聪明智慧如阿尔伯特·爱因斯坦一般的大脑和灵感。

既然是梦想不妨就让它完美些吧。何必连梦想也那么拘谨那么谦虚呢?我便如醉如痴并且极端自私自利地梦想下去。

降生在什么地方也是件相当重要的事。二十年前插队的时候,我在偏远闭塞的陕北乡下,见过不少健康漂亮尤其聪慧超群的少年。当时我就想,他们要是生在一个恰当的地方他们必都会大有作为,无论他们做什么他们都必定成就非凡。但在那穷乡僻壤,吃饱肚子尚且是一件颇为荣耀的成绩,哪还有余力去奢想什么文化呢?

所以他们没有机会上学,自然也没有书读,看不到报纸电视甚至很少看得到电影,他们完全不知道外面的世界是什么样子,便只可能遵循了祖祖辈辈的老路,日出而作日落而息,春种秋收夏忙冬闲,日复一日年复一年。光阴如常地流逝,然后他们长大了,娶妻生子成家立业,才华逐步耗尽变作纯朴而无梦想的汉子。然后,可以料到,他们也将如他们的父辈一样地老去,唯单调的岁月在他们身上留下注定的痕迹。而人为什么要活这一回呢?却仍未在他们苍老的心里成为问题。然后,他们恐惧着、祈祷着、惊慌着听命于死亡随意安排。再然后呢?再然后倘若那地方没有变化,他们的儿女们必定还是这样地长大、老去、磨钝了梦想,一代代去完成同样的过程。或许这倒是福气?或许他们比我少着梦想所以也比我少着痛苦?他们会不会也设想过自己的来世呢?没有梦想或梦想如此微薄的他们又是如何设想自己的来世呢?我不知道。我不知道。我只希望我的来世不要是他们这样,千万不要是这样。

那么降生在哪儿好呢?是不是生在大城市,生在个贵府名门就肯定好呢?父亲是政绩斐然的总统,要不是个家藏万贯的大亨,再不就是位声名赫赫的学者,或者父母都是不同寻常的人物,你从小就在一个备受宠爱备受恭维的环境中长大,你从小就在一个五彩缤纷妙趣频逢的环境中长大,呈现在你面前的是无忧无虑的现实,绚烂辉煌的前景,左右逢源的机遇,一帆风顺的坦途……不过这样是不是就好呢?一般来说这样的境遇也是一种残疾,也是一种牢笼。这样的境遇经常造就着蠢材,不蠢的概率很小,有所作为的比例很低,而且大凡有点水平的姑娘都不肯高攀这样的人;固然他们之中也有智能超群的天才,也有过大有作为的人物,也出过明心见性的悟者,但毕竟概率很小比例很低。这就有相当大的风险,下辈子务必慎重从事,不可疏忽大意不可掉以轻心,今生多舛来生再受不住

是个蠢材了。

生在穷乡僻壤,有孤陋寡闻之虞,不好;生在贵府名门,又有骄狂愚妄之险,也不好。

生在一个介于此二者之间的位置上怎么样?嗯,可能不错。

既知晓人类文明的丰富璀璨,又懂得生命路途的坎坷艰难,这样的位置怎么样?嗯,不错。

既了解达官显贵奢华而危惧的生活,又体会平民百姓清贫而深情的岁月,这位置如何?嗯!不错,好!

既有博览群书并入学府深造的机缘,又有浪迹天涯独自在社会上闯荡的经历;既能在关键时刻得良师指点如有神助,又时时事事都要靠自己努力奋斗绝非平步青云;既饱尝过人情友爱的美好,又深知了世态炎凉的正常,故而能如罗曼·罗兰所说:"看清了这个世界,而后爱它。"——这样的位置可好?好。确实不错。好虽好,不过这样的位置在哪儿呢?

在下辈子。在来世。只要是好,咱可以设计。咱不慌不忙仔仔细细地设计一下吧。我看没理由不这样设计一下。甭灰心,也甭沮丧,真与假的说道不属于梦想和希望的范畴,还是随心所欲地来一回"好运设计"吧。

你最好生在一个普通知识分子的家庭。

也就是说,你父亲是知识分子但千万不要是那种炙手可热过于风云的知识分子,否则,"贵府名门"式的危险和不幸仍可能落在你头上:你将可能没有一个健全、质朴的童年,你将可能没有一群烂漫无猜的伙伴,你将会错过唯一可能享受到纯粹的友情、感受到圣洁的忧伤的机会,而那才是童年,才是真正的童年。一个人长大了若不能怀恋自己童年的痴拙,若不能默然长思或仍耿耿于怀孩提时光的往事,当是莫大的缺憾;对于我们的"好运设计",则是个后患无穷的错误。你应该有一大群来自不同家庭的男孩儿和女孩儿做你的朋友,你跟他们一块儿认真地吵架并且翻脸,然后一块儿哭着和好如初。把你的秘密告诉他们,把他们告诉给你的秘密对任何人也不说。你们定一个暗号,这暗号一经发出你们一个个无论正在干什么也得从家里溜出来,密谋一桩令大人们哭笑不得的事件。当你父母不在家的时候,随便找个理由把你的好朋友都叫来——比如说为了你的生日或为了离你的生日还差一个多月,你们痛痛快快随心所欲地折腾一天,折腾饿了就把冰箱里能吃的东西都吃光,然后继续载歌载舞地庆祝,直到不小心把你父亲的一件贵重艺术品摔成分文不值,你们的汗水于是被冻僵了一会儿,但这是个机会是你为朋友们献身的时刻,你脸色煞白但拍拍胸脯说这怕什么这没啥了不起,随后把朋友们都送走,你独自胆战心惊地策划一篇谎言(要是你家没有猫,你记住:邻居家不一定都没有猫)。你还可以跟你的朋友们一起去冒险,到一个据说最可怕的地方,比如离家很远的一片野地、一幢空屋、一座孤岛、孤岛上废弃的古刹、古刹四周阴森零落的荒冢……都是可供选择的地方。你从自己家的抽屉里而不要从别人家的抽屉里拿点钱,以备不时之需;你们瞒过父母,必要的话还得瞒过姐姐或弟弟;你们可以不带那些女孩子去,但如果她们执意要跟着也就别无选择,然后出发,义无反顾。把你的新帽子扯破了新鞋弄丢了一只这没关系,把膝盖碰出了血把白衬衫上洒了一瓶紫药水这没关系,作业忘记做了还在书包里装了两只活蛤蟆一只死乌鸦这都毫无关系,你母亲不会怪你,因为当晚霞越来越淡继而夜色越来越浓的时候,你父亲也沉不住气了,他正要动身去报案,你们突然都回来了,累得一塌糊涂但毕竟完整无缺地回来了,你母亲庆幸还庆幸不过来呢还会再存什么别的奢望吗?"他们回来啦,他们回来啦!"仿佛全世界都和平解放了,一群平素威严的父亲都乖乖地跑出来迎接你们，同样多的一群母亲此刻转忧为喜光顾着摩挲你们的脸蛋和亲吻你们的脑门儿："你们这是上哪儿去了呀，哎哟天哪，你们还知道回来吗！"你就大模大样地躺在沙发上呼吃唤喝，"累死了，哎呀真是累死了！"你就这样，没问题，再讲点莫须有的惊险故事既吓唬他们也陶醉自己，你就得这样。只要这样，一切帽子、裤子、鞋、作业和书包、活蛤蟆以及死乌鸦，就都微不足道了。（等你长到我这样的年龄时，你再告诉他们那些惊险的故事都是你为了逃避挨揍而获得的灵感，那时你年老的父母肯定不会再补揍你一顿，而仍可能摩挲你的脸甚至吻你的脑门儿了。）但重要的是，这次冒险你无论如何得安全地回来——就像所有的戏剧还没打算结束时所需要的那样，否则接下去的好运就无法展开了。不错，你的童年就应该是这样的，就应该按照这样的思路去设计，一个幸运者的童年就得是这样。我的纸写不下了，待实施的时候应该比这更丰富多彩。比如你还可颇具分寸地惹一点小祸，一个幸运的孩子理应惹过一点小祸，而且理应遇到过一些困难，遇到过一两个骗子、一两个坏人、一两个蠢货和一两个不会发愁而很会说笑话的人。一个幸运的孩子应该有点野性。当然你的父亲是个地地道道的知识分子，因为一个幸运的人必须从小受到文化的熏陶，野到什么份儿上都不必忧虑但要有机会使你崇尚知识，之所以把你父亲设计为知识分子，全部的理由就在于此。

  你的母亲也要有知识，但不要像你父亲那样关心书胜过关心你。也不要像某些愚蠢的知识妇女，料想自己功名难就，便把一腔希望全赌在了儿女身上，生了个女孩就盼她将来是个居里夫人，养了个男娃就以为是养了个小贝多芬。这样的母亲千万别落到咱头上，你不听她的话你觉得对不起她，你听了她的话你会发现她对不起你。她把你像幅名画似的挂在墙上后退三步眯起眼睛来观赏你，把你像颗话梅似的含在嘴里颠来倒去地品味你。你呢？站在那儿吱吱嘎嘎地折磨一把挺好的小提琴，长大了一想起小提琴就发抖，要不就是没日没夜地背单词背化学方程式，长大了不是傻瓜就是暴徒。你的母亲当然不是这样。有知识不是有文凭，你的母亲可以没有文凭。有知识不是被知识霸占，你的母亲不是知识的奴隶。有知识不能只是有对物的知识，而是得有对人的了悟。一个幸运者的母亲必然是一个幸运的母亲，一个明智的母亲，一个天才的母亲，她自打当了母亲她就得了灵感，她教育你的方法不是来自教育学，而是来自她对一切生灵乃至天地万物由衷的爱，由衷的战栗与祈祷，由衷的镇定和激情。在你幼小的时候她只是带着你走，走在家里，走在街上，走到市场，走到郊外，她难得给你什么命令，从不有目的地给你一个方向，走啊走啊你就会爱她，走啊走啊，你就会爱她所爱的这个世界。等你长大了，她就放你到你想要去的地方去，她深信你会爱这个世界，至于其他她不管，至于其他那是你的自由你自己负责。她只有一个愿望，就是你能常常回来，你能有时候回来一下。

  在你两三岁的时候你就光是玩，成天就是玩，别着急背诵《唐诗三百首》和弄通百位数以内的加减法，去玩一把没有钥匙的锁和一把没有锁的钥匙，去玩撒尿和泥，然后用不着洗手再去玩你爷爷的胡子。到你四五岁的时候你还是玩，但玩得要高明一点儿了，在你母亲的皮鞋上钻几个洞看看会有什么效果，往你父亲的录音机里撒把沙子听听声音会不会更奇妙。上小学的时候，我看你门门功课都得上三四分就够了，剩下的时间去做些别的事，以便让你父母有机会给人家赔几块玻璃。一上中学尤其一上高中，所有的熟人几乎都不认识你了，都得对你刮目相看：你在数学比赛上得奖，在物理比赛上得奖，在作文比赛上得奖，在外语比赛上你没得奖但事后发

现那不过是老师的一个误判。但这都并不重要,这些奖啊奖啊奖啊并不足以构成你的好运,你的好运是说你其实并没花太多时间在功课上,你爱好广泛,多能多才,奇想迭出,别人说你不务正业你大不以为然,凡兴趣所至仍神魂聚注若癫若狂。

你热爱音乐,古典的交响乐,现代的摇滚乐,温文尔雅的歌剧清唱剧,粗犷豪放的民谣村歌,乃至悠婉凄长的叫卖,孤零萧瑟的风声,温馨闲适的节日的音讯,你都听得心醉神迷,听得怆然而沉寂,听出激越和威壮,听到玄缈与空冥,你真幸运,生存之神秘注入你的心中使你永不安规守矩。

你喜欢美术,喜欢画作,喜欢雕塑,喜欢异彩纷呈的烧陶,喜欢古朴稚拙的剪纸,喜欢在渺无人迹的原野上独行,在水阔天空的大海里驾舟,在山林荒莽中跋涉,看大漠孤烟,看长河落日,看鸥鸟纵情翱飞,看老象坦然赴死,你从色彩感受生命,由造型体味空间,在线条上嗅出时光的流动,在连接天地的方位发现生灵的呼喊,你是个幸运的人,因为你真幸运,你于是匍匐在自然造化的脚下,奉上你的敬畏与感恩之心吧,同时上苍赐予你不屈不尽的创造情怀。

你幸运得简直令人嫉妒,因为体育也是你的长项。九秒九一,懂吗?两小时五分五十九秒,懂吗?就是说,从一百米到马拉松不管多长的距离没有人能跑得过你;两米四五,八米九一,知道这是什么意思吗?就是说没人比你跳得高也没人比你跳得远;突破二十三米、八十米、一百米,就是说,铅球也好铁饼也好标枪也好,在投掷比赛中仍然没有你的对手。当然这还不够,好运气哪有个够呢?差不多所有的体育项目你都行:游泳、滑雪、溜冰、踢足球、打篮球,乃至击剑、马术、射击,乃至铁人三项……你样样都玩得精彩、洒脱、漂亮。你跑起来浑身的肌肤像波浪一样滚动,像旗帜一般飘展；你跳起来仿佛土地也有了弹性，空中也有着依托；你披波戏水，屈伸舒卷，鬼没神出；在冰原雪野，你翻转腾挪，如风驰电掣；生命在你那儿是一个节日，是一个庆典，

《人生三阶段》　　［法］弗朗索瓦·帕斯卡尔·西蒙　绘

是一场狂欢……那已不再是体育了，你把体育变得不仅仅是体育了，幸运的人，那是舞蹈，那是人间最自然最坦诚的舞蹈，那是艺术，是上帝选中的最朴实最辉煌的艺术形式。这时连你在内，连你的肉体你的心神，都是艺术了，你这个幸运的人，世界上最幸运的人，偏偏是你被上帝选作了美的化身。

接下来你到了恋爱的季节。你十八岁了，或者十九或者二十岁了。这时你正在一所名牌大学里读书，读一个最令人仰慕的系的最令人敬畏的专业，你读得出色，各种奖啊奖啊又闹着找你。现在你的身高已经是一米八八，你的喉结开始突起，嘴唇上开始有了黑色但还柔软的胡须，就是在这时候你的嗓音开始变得浑厚迷人，就是在这时候你的百米成绩开始突破十秒，你的动静坐卧举手投足都流溢着男子汉的光彩……总之，由于我们已经设计过的诸项优点或说优势，明显地追逐你的和不露声色地爱慕着你的姑娘们已是成群结队，你经常在教室里看见她们异样的目光，在食堂里听出她们对你喊喊喳喳的议论，在晚会上她们为你的歌声所倾倒，在运动会上她们被你的身姿所激动而忘情地欢呼雀跃，但你一向只是拒绝，拒

绝，婉言而真诚地拒绝，善意而巧妙地逃避，弄得一些自命不凡的姑娘们委屈地流泪。但是有一天，你在运动场上正放松地慢跑，你忽然看见一个陌生的姑娘也在慢跑，她的健美一点不亚于你，她修长的双腿和矫捷的步伐一点不亚于你，生命对她的宠爱、青春对她的慷慨这些绝不亚于你，而她似乎根本没有发现你，她顾自跑着目不斜视，仿佛除了她和她的美丽这世界上并不存在其他东西，甚至连她和她的美丽她也不曾留意，只是任其随意流淌，任其自然地涌荡。而你却被她的美丽和自信震慑了，被她的优雅和苗壮惊呆了，你被她的倏然降临搞得心神恍惚手足无措。（我们同样可以为她也做一个"好运设计"，她是上帝的一个完美的作品，为了一个幸运的男人这世界上显然该有一个完美的女人，当然反过来也是一样。）于是你不跑了，伏在跑道边的栏杆上忘记了一切，光是看她。她跑得那么轻柔，那么从容，那么飘逸，那么灿烂。你很想冲她微笑一下向她表示一点敬意，但她并不给你这样的机会，她跑了一圈又一圈却从来没有注意到你，然后她走了。简单极了，就是说她跑完了该走了，就走了。就是说她走了，走了很久而你还站在原地。就是说操场上空空旷旷只剩了你一个人，你头一回感到了惆怅和孤零——她不知道你是谁，你也不知道她从哪儿来。但你把她记在了心里。但幸运之神仍然和你在一起。此后你又在图书馆里见到过她，你费尽心机总算弄清了她在哪个系。此后你又在游泳池里见到过她，你拐弯抹角从别人那儿获悉了她的名字。此后你又在滑冰场上见到过她，你在她周围不露声色地卖弄你的千般技巧万种本事，终于引起了她的注意。此后你又在领奖台上和她站到过一起，这一回她对你笑了笑使你一生再也没能忘记。此后你又在朋友家里和她一起吃过一次午饭（你和你的朋友为此蓄谋已久），这下你们到底算认识了，你们谈了很多，谈得融洽而且热烈。此后不是你去找她，就是她来找你，春夏秋冬春夏秋冬，不是她来找你就是你去找她，春夏秋冬……总而言之，你们终成眷属。你是一个幸运的人——至少我们的"好运设计"是这样说的——所以你万事如意。

也许你已经注意到了，我们的"好运设计"至此显得有些潦草了。是的。不过绝不是我们不能把它搞得更细致、更完善、更浪漫、更迷人，而是我忽然有了一点疑虑，感到了一点困惑，有一道淡淡的阴影出现了并正在向我们靠近，但愿我们能够摆脱它，能够把它消解掉。

阴影最初是这样露头的：你能在一场如此称心、如此顺利、如此圆满的爱情和婚姻中饱尝幸福吗？也就是说，没有挫折，没有坎坷，没有望眼欲穿的企盼，没有撕心裂肺的煎熬，没有痛不欲生的痴癫与疯狂，没有万死不悔的追求与等待，当成功到来之时你会有感慨万端的喜悦吗？在成功到来之后还会不会有刻骨铭心的幸福？或者，这喜悦能到什么程度？这幸福能被珍惜多久？会不会因为顺利而冲淡其魅力？会不会因为圆满而阻塞了渴望，而限制了想象，而丧失了激情，从而在以后漫长的岁月中只是遵从了一套经济规律、一种生理程序、一个物理时间，心路却已荒芜，然后是腻烦，然后靠流言蜚语排遣这腻烦，继而是麻木，继而用插科打诨加剧这麻木——会不会？会不会是这样？地球如此方便如此称心地把月亮搂进了自己的怀中，没有了阴晴圆缺，没有了潮汐涌落，没有了距离便没有了路程，没有了斥力也就没有了引力，那是什么呢？很明白，那是死亡。当然一切都在走向那里，当然那是一切的归宿，宇宙在走向热寂。但此刻宇宙正在旋转，正在飞驰，正在高歌狂舞，正借助了星汉迢迢，借助了光阴漫漫，享受着它的路途，享受着坍塌后不死的沉吟，享受着爆炸后辉煌的咏叹，享受着追寻与等待，这才是幸运，这才是真正的幸运，恰恰死亡之前这波澜壮阔的挥洒，这精彩纷呈的燃烧才是幸运者得天独厚的机会。你是一个幸运者，这一点你要牢记。所以你不能学那凡夫俗子的梦想，我们也不能满意这晴空朗日水静风平的设计。所谓好运，所谓幸福，显然不是一种客观的程序，而完全是心灵的感受，是强烈的幸福感罢了。幸福感，对了。没有痛苦和磨难你就不能强烈地感受到幸福，对了。那只是舒适只是平庸，不是好运不是幸福，这下对了。

现在来看看，得怎样调整一下我们的"设计"，才能甩掉那道不祥的阴影，才能远远地离开它。也许我们不得不给你加设一点小小的困难，不太大的坎坷和挫折，甚至是一些必要的痛苦和磨难，为了你的幸福不致贬值我们要这样做，当然，会很注意分寸。

仍以爱情为例。我们想是不是可以这样：一开始，让你未来的岳父岳母对你们的恋爱持反对态度，他们不大看得上你，包括你未来的大舅子、小姨子、大舅子的夫人和小姨子的男朋友等等一干人马都看不上你。岳父说要是这样他宁可去死。岳母说要是这样她情愿少活。大舅子于是奉命去找了你们单位的领导说你破坏了一个美满的家庭。小姨子流着泪劝她的姐姐三思再三思，爹有心脏病娘有高血压。岳父便说他死不瞑目。岳母说她死后做鬼也不饶过你们。你是个幸运的人你真没看错那个姑娘，她对你一往情深始终不渝，她说与其这样不如她先于他们去死，但在死前她有必要提个问题："请问他哪点儿不好呢？"不仅这姑娘的父母无言以对，就连咱们也无以作答。按照已有的设计，你好像没有哪点不好，你简直无懈可击，那两个老人倘不是疯子不是傻瓜不是心理变态，他们为什么会反对你成为他们的女婿呢？所以对此得做一点儿修改，你不能再是一个完人，你得至少有一个弱点，甚至是一种很要紧的缺欠，一种大凡岳父岳母都难以接受的缺欠。然后你在爱情的鼓舞下，在那对蛮横老人颇合逻辑的蔑视的刺激下，痛下决心破釜沉舟发愤图强历尽艰辛终于大功告成终于光彩照人终于震撼了那对老人，令他们感动令他们愧悔于是心悦诚服地承认了你这个女婿，使你热泪盈眶欣喜若狂忽然发现天也是格外的蓝地球也是出奇的圆柔情似水佳期如梦幸福地久天长……是不是得这样呢？得这样。大概是得这样。

什么样的缺欠呢？你看给你设计什么样的缺欠比较适合？

笨？不不，这不行，笨很可能是一件终生的不幸，几乎不是努力可以根本克服的，此一点应坚决予以排除。

丑呢？不，丑也不行，丑也是无可挽回的局面，弄不好还会殃及后代，不行，这肯定不行。

无知呢？行不行？不，这比笨还不如，绝对的（或相当严重的）无知与白痴没有什么区别；而相对的无知又不是一项缺欠，我们每个人都是这样。

你总得做一点让步嘛。譬如说木讷一点，古板一点行吗？缺乏点儿活力，缺乏点儿朝气，缺乏点儿个性，缺乏点儿好奇心，譬如说这样，行吗？噢，你居然还在问"行吗"，再糟糕不过！接下来你会发现你还缺乏勇气，缺乏同情，缺乏感觉，遇事永远不会激动，美好不能使其赞叹，丑恶也不令其憎恶，你既不懂得感动也不懂得愤怒，你不怎么会哭又不大会笑，这怎么能行？你还是活的吗？你还能爱吗？你还会为了爱而痛苦而幸福吗？不行。

那么狡猾一点儿可以吗？狡猾，唉，其实人们都多多少少地有那么一点儿狡猾，这虽不是优点但也不必算作缺点，凡要在这世界上生存下去的种类，有点儿狡猾也是在所难免。不过有一点需要明确：若是存心算计别人、不惜坑害别人的狡猾可不行，那样的人我怕大半没什么好下场。那样的人同样也不会懂得爱（他可能了解性，但他不懂得爱，他可能很容易猎获性器的快感，但他很难体验性爱的陶醉，因为他依靠的不是美的创造而仅仅是对美的赚取），况且这样的人一般来说都没有什么真正的才华和魅力，否则也无须选用了狡猾。不行。无论从哪个角度想，狡猾都不行。

要不，有一点病？噢老天爷，千万可别，您饶了我吧，无论如何帮帮忙，下辈子万万不能再有病了，绝对不能。咱们辛辛苦苦弄这个"好运设计"因为什么您知道不？是的您应该知道，那就请您再别提病，一个字也别提。

只是有一点儿小病呢？小病也不行，发烧感冒拉肚子？不不，这没用，有点儿小病不构成对什么人的威胁，也不能如我们所期望的那样最终使你的幸福加倍，有也是白有。但这绝不是说你没病则已，有就有他一种大病，不不！绝没有这个意思；你必须要明白，在任何有期徒刑（注意：有期）和有一种大病之间，要是你非得做出选择不可的话，你要选择前者，前者！对对，没有商量的余地。

要是你得了一种大病，别急，听我说完，得了一种足以使你日后的幸福升值的大病，而这病后来好了，完全好了，这怎么样？唔，这倒值得考虑。你在病榻上躺了好几年，看见任何一个健康的人你都羡慕，你想你是他们中间的任何一个你都知足，然后你的病好了，完好如初，这怎么样？说下去。你本来已经绝望了，你想即便不死未来的日子也是无比黯淡，你想与其这样倒不如死了痛快，就在这时你的病情突然有了转机。说下去。在那些绝望的白天和黑夜，你祷告许愿，你赌咒发誓，只要这病还能好，再有什么苦你都不会觉得苦，再有什么难你也不会觉得难，一文不名呀，一贫如洗呀，这都有什么关系呢？你将爱生活，爱这个世界，爱这个世界上所有的人……这时，就在这时奇迹发生了，一个奇迹使你完全恢复了健康，你又是那么精力旺盛健步如飞了。这样好不好？好极了，再往下说。你本来想只要还能走就行，可你现在又能以九秒九一的速度飞跑了；你本来想只要再能跳就好了，可你现在又可以跳过两米四五了；你本来想只要还能独立生活就够了，可现在你的用武之地又跟地球一样大了；你本来想只要还能算个人不至于把谁吓跑就谢天谢地了，可现在喜欢你的好姑娘又是数不胜数铺天盖地而来了。往下说呀，别含糊，说下去。当然你痴心不改——这不是错误，大劫大难之后人不该失去锐气，不该失去热度，你镇定了但仍在燃烧，你平稳了却更加浩荡，你依然爱着那个姑娘爱得山高海深不可动摇，这时候你未来的老丈人老丈母娘自然也不会再反对你们的结合了，不仅不反对而且把你看作是他们的光彩是他们的荣耀是他们晚年的福气是他们九泉之下的安慰。此刻你是多么幸福，你同你所爱的人在一起，在蓝天阔野中跑，在碧波白浪中游，你会是怎样的幸福！现在就把前面为你设计的那些好运气都搬来吧，现在可以了，把它们统统搬来吧，劫难之后失而复得，现在你才真正是一个幸福的人了。苦尽甜来，对，这才是最为关键的好运道。

　　苦尽甜来，对，只要是苦尽甜来其实怎么都行，生生病呀，失失恋呀，要要饭呀，挨挨揍呀（别揍坏了），被抄抄家呀，坐坐冤狱呀，只要能苦尽甜来其实都不是坏事。怕只怕苦也不尽，甜也不来。其实都用不着甜得很厉害，只要苦尽也就够了。其实都用不着什么甜，苦尽了也就很甜了。让我们为此而祈祷吧。让我们把这作为一条基本原则，无论如何写进我们的"好运设计"中去吧，无论如何安排在头版头条。

　　问题是，苦尽甜来之后又怎样呢？苦尽甜来之后又当如何？哎哟，那道阴影好像又要露头。苦尽甜来之后要是你还没死，以后的日子继续怎样过呢？我们应当怎样继续为你设计好运呢？好像问题还是原来的问题，我们并没能把它解决。当然现在你可以不断地忆苦思甜，不断地知足常乐，我们也完全可以把你以后的生活设计得无比顺利，但这样下去我们是不是绕了一圈又回到那不祥的阴影中

去了?你将再没有企盼了吗?再没有新的追求了吗?那么你的心路是不是又要荒芜,于是你的幸福感又要老化、萎缩、枯竭了呢?是的,肯定会是这样。幸福感不是能一次给够的,一次幸福感能维持多久这不好计算,但日子肯定比它长,比它长的日子却永远要依靠着它。所以你不能失去距离,不能没有新的企盼和追求,你一时失去了距离便一时没有了路途,一时没有了企盼和追求便一时失去了兴致和活力,那样我们势必要前功尽弃,那道阴影必会不失时机地又用无聊、用乏味、用腻烦和麻木来纠缠你,来恶心你,同时葬送我们的"好运设计"。当然我们不会答应。所以我们仍要为你设计新的距离,设计不间断的企盼和追求。不过这样你就仍然要有痛苦,一直要有。是的是的,一时没有了痛苦的衬照便一时没有了幸福感。

真抱歉,我们没想到会是这样。我们一向都是好意,想使你幸福,想使你在来世频交好运,没想到竟还得不断地给你痛苦。那道讨厌的阴影真是把咱们整惨了。看看吧,看看是否还有办法摆脱它。真对不起,至少我先不吹牛了,要是您还有兴趣咱们就再试试看,反正事已至此,我想也不必草草率率地回心转意。看在来世的分儿上,就再试试吧。

看来,在此设计中不要痛苦是不大可能了。现在就只剩了一条路:使痛苦尽量小些,小到什么程度并没有客观的尺度,总归小到你能不断地把它消灭就行了。就是说,你能够不断地克服困难,你能够不断地跨越距离,你能够不断地实现你的愿望,这就行了。痛苦可以让它不断地有,但你总是能把它消灭,这就行了,这样你就巧妙地利用了这些混账玩意儿而不断地得到幸福感了。只要这样行,接下来的事由我们负责。我们将根据以上要求为你设计必要的才能、必要的机运、必要的心理素质、意志品质,以及必要的资金、器械、设施、装备，乃至大夫护士、贤妻良母、孝子乖孙等等一系列优秀的后勤服务。总之，这些我们都能为你设计，只要一个人永远是个胜利者这件事是可能的，只要无论什么样的痛苦总归是能被消灭的这件事是可能的，只要这样，我们的"好运设计"就算成了。只好也就这样了，这样也就算成了。

不过，这是不是可能的？你见没见过永远的胜利者？好吧，没见过并不说明这是不可能的，没见过的我们也可以设计。你，譬如说你就是一个永远的胜利者，那么最终你会碰见什么呢？死亡。对了，你就要碰见它，无论如何我们没法使你不碰见它，不感到它的存在，不意识到它的威胁。那么你对它有什么感想？你一生都在追求，一直都在胜利，一向都是幸福的，但当死亡来临的时候你想你终于追求到了什么呢？你的一切胜利到底都是为了什么呢？这时你不沮丧，不恐惧，不痛苦吗？你从来没碰到过不可逾越的障碍，从来没见过不可消除的痛苦，你就像一个被上帝惯坏了的孩子，从来不知道什么叫失败，从来没遭遇过绝境，但死神终于驾到了，死神告诉你这一次你将和大家一样不能幸免，你的一切优势和特权（即那"好运设计"中所规定的）都已被废黜，你只可俯首帖耳听凭死神的处置，这时候你必定是一个最痛苦的人，你会比一生不幸的人更痛苦（他已经见到了的东西你却一直因为走运而没机会见到），命运在最后跟你算总账了（它的账目一向是收支平衡的），它以一个无可逃避的困境勾销你的一切胜利，它以一个不容置疑的判决报复你的一切好运，最终不仅没使你幸福反而给你一个你一直有幸不曾碰到的——绝望。绝望，当死亡到来之际这个绝望是如此的货真价实，你甚至没有机会考虑一下对付它的办法了。

怎么办？你怎么办？我们怎么办？你说事情不会是这样，你的胜利依旧还是胜利，它会造福于后人；你的追求并没有白费，它将

为后人铺平道路；而这就是你的幸福，所以你不会沮丧不会痛苦你至死都会为此而感到幸福。这太好了，一个真正的幸运者就应该有这样的胸怀有如此高尚的情操——让我们暂时忘记我们只是在为自己设计好运吧，或者让我们暂时相信所有的人都能够享有同样的好运吧——一个幸运者只有这样才能最终保住自己的好运，才能使自己最终得享平安和幸福。但是——但是！就算我们没有发现您的不诚实，一个如您这般聪明高尚的人总该知道您正在把后人的路铺向哪儿吧？铺到哪儿才算成功了呢？铺到所有的人都幸福都没了痛苦的地方？那么，他们不是又将面对无聊了吗？当他们迎候死亡时不是就不能再像您这样，以"为后人铺路"而自豪而高尚而心安理得了吗？如果终于不能使所有的人都幸福都没了痛苦，您的高尚不就成了一场骗局您的胜利又怎么能胜得过阿Q呢？我们处在了两难的境地。如果您再诚实点，事情可能会更难办：人类是要消亡的，地球是要毁灭的，宇宙在走向热寂。我们的一切聪明和才智、奋斗和努力、好运和成功到底有什么价值？有什么意义？我们在走向哪儿？我们再朝哪儿走？我们的目的何在？我们的欢乐何在？我们的幸福何在？我们的救赎之路何在？我们真的已经无路可走真的已入绝境了吗？

　　是的，我们已入绝境。现在你就是对此不感兴趣都不行了，你想糊弄都糊弄不过去了，你曾经不是傻瓜你如今再想也是晚了，傻瓜从一开始就不对我们这个设计感兴趣，而你上了贼船，这贼船已入绝境，你没处可退也没处可逃。情况就是这样。现在我们只占着一项便宜，那就是死神还没驾到，我们还有时间想想对付绝境的办法。当然不是逃跑，当然你也跑不了。其他的办法，看看，还有没有。

　　过程。对，过程，只剩了过程。对付绝境的办法只剩它了。不信你可以慢慢想一想，什么光荣呀，伟大呀，天才呀，壮烈呀，博学呀，这个呀那个呀，都不行，都不是绝境的对手，只要你最最关心的是目的而不是过程你无论怎样都得落入绝境，只要你仍然不从目的转向过程你就别想走出绝境。过程——只剩了它了。事实上你唯一具有的就是过程。一个只想（只想！）使过程精彩的人是无法被剥夺的，因为死神也无法将一个精彩的过程变成不精彩的过程，因为坏运也无法阻挡你去创造一个精彩的过程，相反你可以把死亡也变成一个精彩的过程，相反坏运更利于你去创造精彩的过程。于是绝境溃败了，它必然溃败。你立于目的的绝境却实现着、欣赏着、饱尝着过程的精彩，你便把绝境送上了绝境。梦想使你迷醉，距离就成了欢乐；追求使你充实，失败和成功都是伴奏；当生命以美的形式证明其价值的时候，幸福是享受，痛苦也是享受。现在你说你是一个幸福的人你想你会说得多么自信，现在你对一切神灵鬼怪说谢谢你们给我的好运，你看看谁还能说不。

　　过程！对，生命的意义就在于你能创造这过程的美好与精彩，生命的价值就在于你能够镇静而又激动地欣赏这过程的美丽与悲壮。但是，除非你看到了目的的虚无你才能够进入这审美的境地，除非你看到了目的的绝望你才能找到这审美的救助。但这虚无与绝望难道不会使你痛苦吗？是的，除非你为此痛苦，除非这痛苦足够大，大得不可消灭大得不可动摇，除非这样你才能甘心从目的转向过程，从对目的的焦虑转向对过程的关注，除非这样的痛苦与你同在，永远与你同在，你才能够永远欣赏到人类的步伐和舞姿，赞美着生命的呼喊与歌唱，从不屈获得骄傲，从苦难提取幸福，从虚无中创造意义，直到死神和天使一起来接你回去，你依然没有玩够，但你却不惊慌，你知道过程怎么能有个完呢？过程在到处继续，在人间、在天堂、在地狱，过程都是上帝巧妙的设计。

但是我们的设计呢?我们的设计是成功了呢还是失败了?如果为了使你幸福,我们不仅得给你小痛苦,还得给你大痛苦,不仅得给你一时的痛苦,还得给你永远的痛苦,我们到底帮了你什么忙呢?如果这就算好运,我,比如说我——我的名字叫史铁生,这个叫史铁生的人又有什么必要弄这么一份"好运设计"呢?也许我现在就是命运的宠儿?也许我的太多的遗憾正是很有分寸的遗憾?上帝让我终生截瘫就是为了让我从目的转向过程,所以有那么一天我终于要写一篇题为"好运设计"的散文,并且顺理成章地推出了我的好运?多谢多谢。可我不,可我不!我真是想来世别再有那么多遗憾,至少今生能做做好梦!

我看出来了——我又走回来了,又走到本文的开头去了。我看出来了,如果我再从头开始设计我必然还是要得到这样一个结尾。我看出来了,我们的设计只能就这样了。我不知道怎么办了,不知道还能怎么办。上帝爱我!——我们的设计只剩这一句话了,也许从来就只有这一句话吧。

我的梦想

也许是因为人缺了什么就更喜欢什么吧，我的两条腿一动不能动，却是个体育迷。我不光喜欢看足球、篮球以及各种球类比赛，也喜欢看田径、游泳、拳击、滑冰、滑雪、自行车和汽车比赛，总之，我是个全能体育迷。当然都是从电视里看，体育场馆门前都有很高的台阶，我上不去。如果这一天电视里有精彩的体育节目，好了，我早晨一睁眼就觉得像过节一般，一天当中无论干什么心里都想着它，一分一秒都过得愉快。有时我也怕很多重大比赛集中在一天或几天（譬如刚刚闭幕的奥运会），那样我会把其他要紧的事都耽误掉。

其实我是第二喜欢足球，第三喜欢文学，第一喜欢田径。我能说出所有田径项目的世界纪录是多少，是由谁保持的，保持的时间长还是短。譬如说男子跳远纪录是由比蒙保持的，二十年了还没有人能破。不过这事不大公平，比蒙是在地处高原的墨西哥城跳出这八米九〇的，而刘易斯在平原跳出的八米七二事实上比前者还要伟大，但却不能算世界纪录。这些纪录是我顺便记住的，田径运动的魅力不在于纪录，人反正是干不过上帝；但人的力量、意志和优美却能从那奔跑与跳跃中得以充分展现，这才是它的魅力所在。它比任何舞蹈都好看，任何舞蹈跟它比起来都显得矫揉造作甚至故弄玄虚。也许是我见过的舞蹈太少了。而你看刘易斯或者摩西跑起来，

你会觉得他们是从人的原始中跑来，跑向无休止的人的未来，全身如风似水般滚动的肌肤就是最自然的舞蹈和最自由的歌。

我最喜欢并且羡慕的人就是刘易斯。他身高一米八八，肩宽腿长，像一头黑色的猎豹，随便一跑就是十秒以内，随便一跳就在八米开外，而且在最重要的比赛中他的动作也是那么舒展、轻捷、富于韵律；绝不像流行歌星们的唱歌，唱到最后总让人怀疑这到底是要干什么。不怕读者诸君笑话，我常暗自祈祷上苍，假若人真能有来世，我不要求别的，只要求有刘易斯那样一副身体就好。我还设想，那时的人又会普遍比现在高了，因此我至少要有一米九的身高；那时的百米速度也会普遍比现在快，所以我不能只跑九秒九几。作小说的人多是白日梦患者。好在这白日梦并不令我沮丧，我是因为现实的这个史铁生太令人沮丧，才想出这法子来给他宽慰与向往。我对刘易斯的喜爱和崇拜与日俱增。相信他是世界上最幸福的人。我想若是有什么办法能使我变成他，我肯定不惜一切代价；如果我来世能有那样一个健美的躯体，今生这一身残病的折磨也就得到了足够的报偿。

奥运会上，约翰逊战胜刘易斯的那个中午我难过极了，心里别别扭扭别别扭扭的一直到晚上，夜里也没睡好觉。眼前老翻腾着中午的场面：所有的人都在向约翰逊欢呼，所有的旗帜和鲜花都向约翰逊挥舞，浪潮般的记者簇拥着约翰逊走出比赛场，而刘易斯被冷落在一旁。刘易斯当时那茫然若失的目光就像个可怜的孩子，让我一阵阵心疼。一连几天我都闷闷不乐，总想着刘易斯此时会怎样痛苦；不愿意再看电视里重播那个中午的比赛，不愿意听别人谈论这件事，甚至替刘易斯嫉妒着约翰逊，在心里找很多理由向自己说明还是刘易斯最棒。自然这全无济于事，我竟似比刘易斯还败得惨，还迷失得深重。这岂不是怪事吗？在外人看来这岂不是发精神病吗？我慢慢去想其中的原因。是因为一个美的偶像被打破了吗？如果仅仅是这样，我完全可以惋惜一阵再去树立起约翰逊嘛，约翰逊的雄姿并不比刘易斯逊色。是因为我这人太恋旧，骨子里太保守吗？可是我非常明白，后来者居上是最应该庆祝的事。或者是刘易斯没跑好让我遗憾？可是九秒九二是他最好的成绩。到底为什么呢？最后我知道了：我看见了所谓"最幸福的人"的不幸，刘易斯那茫然的目光使我的"最幸福"的定义动摇了继而粉碎了。上帝从来不对任何人施舍"最幸福"这三个字，他在所有人的欲望前面设下永恒的距离，公平地给每一个人以局限。如果不能在超越自我局限的无尽路途上去理解幸福，那么史铁生的不能跑与刘易斯的不能跑得更快就完全等同，都是沮丧与痛苦的根源。假若刘易斯不能懂得这些事，我相信，在前述那个中午，他一定是世界上最不幸的人。

在百米决赛后的第二天，刘易斯在跳远决赛中跳出了八米七二，他是个好样的。看来他懂，他知道奥林匹斯山上的神火为何而燃烧，那不是为了一个人把另一个人战败，而是为了有机会向诸神炫耀人类的不屈，命定的局限尽可永在，不屈的挑战却不可须臾或缺。我不敢说刘易斯就是这样，但我希望刘易斯是这样，我一往情深地喜爱并崇拜这样一个刘易斯。

这样，我的白日梦就需要重新设计一番了。至少我不再愿意用我领悟到的这一切，仅仅去换一个健美的躯体，去换一米九以上的身高和九秒七九乃至九秒六九的速度，原因很简单，我不想在来世的某一个中午成为最不幸的人；即使人可以跑出九秒五九，也仍然意味着局限。我希望既有一个健美的躯体又有一个了悟人生意义的灵魂，我希望二者兼得。但是，前者可以祈望上帝的恩赐，后者却必须在千难万苦中靠自己去获取——我的白日梦到底该怎样设计呢？千万不要说，倘若二者不可兼得你要哪一个。不要这样说，因为人活着必要有一个最美的梦想。

后来得知，约翰逊跑出了九秒七九是因为服用了兴奋剂。对此我们该说什么呢？我在报纸上见了这样一条消息：他的牙买加故乡的人们说："约翰逊什么时候愿意回来，我们都会欢迎他。不管他做错了什么事，他都是牙买加的儿子。"这几句话让我感动至深。难道我们不该对灵魂有了残疾的人，比对肢体有了残疾的人，给予更多的同情和爱吗？

复杂的必要

母亲去世十年后的那个清明节，我和父亲和妹妹去寻过她的坟。

母亲去得突然，且在中年。那时我坐在轮椅上正惶然不知要向哪儿去，妹妹还在读小学。父亲独自送母亲下了葬。巨大的灾难让我们在十年中都不敢提起她，甚至把墙上她的照片也收起来，总看着她和总让她看着我们，都受不了。才知道越大的悲痛越是无言：没有一句关于她的话是恰当的，没有一个关于她的字不是恐怖的。

十年过去，悲痛才似轻了些，我们同时说起了要去看看母亲的坟。三个人也便同时明白，十年里我们不提起她，但各自都在一天一天地想着她。

坟却没有了，或者从来就没有过。母亲辞世的那个年代，城市的普通百姓不可能有一座坟，只是火化了然后深葬，不留痕迹。父亲满山跑着找，终于找到了他当年牢记下的一个标志，说：离那标志向东三十步左右就是母亲的骨灰深埋的地方。但是向东不足二十步已见几间新房，房前堆了石料，是一家制作墓碑的小工厂了，几个工匠埋头叮当地雕凿着碑石。父亲憋红了脸，喘气声一下比一下粗重。妹妹推着我走近前去，把那儿看了很久。又是无言。离开时我对他们俩说：也好，只当那儿是母亲的纪念堂吧。

虽是这么说，心里却空落得以至于疼。

我当然反对大造阴宅。但是，简单到深埋且不留一丝痕迹，真也太残酷。一个你所深爱的人，一个饱经艰难的人，一个无比丰富的心魂……就这么轻易地删简为零了？这感觉让人沮丧至极，仿佛是说，生命的每一步原都是可以这样删除的。

纪念的习俗或方式可以多样，但总是要有。而且不能简单，务要复杂些才好。复杂不是繁冗和耗费，心魂所要的隆重，并非物质的铺张可以奏效。可以火葬，可以水葬，可以天葬，可以树碑，也可为死者种一棵树，甚或只为他珍藏一片树叶或供奉一根枯草……任何方式都好，唯不可意味了简单。任何方式都表明了复杂的必要。因为，那是心魂对心魂的珍重所要求的仪式，心魂不能容忍对心魂的简化。

从而想到文学。文学，正是遵奉了这种复杂原则。理论要走向简单，文学却要去接近复杂。若要简单，任何人生都是可以删简到只剩下吃喝屙撒睡的，任何小说也都可以删简到只剩下几行梗概，任何历史都可以删简到只留几个符号式的伟人，任何壮举和怯逃都可以删简成一份光荣加一份耻辱……但是这不行，你不可能满足于像孩子那样只盼结局，你要看过程，从复杂的过程看生命艰巨的处境，以享隆重与壮美。其实人间的事，更多的都是可以删简但不容删简的。不信去想吧。比如足球，若单为决个胜负，原是可以一上来就踢点球的，满场奔跑倒为了什么呢？

在家者说

宇宙无边，地球广阔，且时有风雨袭来，或烈日曝晒，故不得不寻一有限之地，立以四壁，覆以顶盖，日落避于其中，日出游乎其外，这就是家吗？也可能是旅馆。备好丰足的衣食，装上成套的电器，窗外四季更迭，室内全无寒暑，排布开精美的家具，点缀些字画、古董，或再有高朋满座，窗外月黑风高，室内其乐融融，这就是家了吗？仍可能是饭店。

把家打扮成饭店、旅馆，像似从贫穷走向富裕的一个必经阶段，艳羡的眼睛已经睁开，审美的心尚无归处。陈村曾打电话给我说："你要装修吗？记住方便自己，勿只为偶尔一来的客人说好。"又听人讲起一对富裕了的夫妻，满打满算两口人，却偏要买下二百多平方米的豪居，初时客人不断，来道喜，来恭维，时间一久谁还老来呢？于是一到周末两口子就发慌，唯恐豪居闲置，便东一个电话西一个电话地求人来："来吧来吧，一切都预备好了！"岂不是饭店吗？且有一男一女两位侍者。

谁会在家门前挂一排霓虹灯呢？家有家的语言，比如一张老床，默默然说着一个家族的历史。比如所有的家具都不配套，形色不一，风格各异，便会让你回忆起历历如新的诸多往事。比如一个谈不上多么美妙的小器物，别人不理会，只你和你的家人知道它所负含的纪念，视其为不可亵玩的圣物。这类东西是模仿不来的，一模仿就又是饭店。家是模仿不来的，一模仿就又是"宾至如归"。家，一俟你走向它，便会听见它的召唤；一俟你走到它近前，便会闻辨出它的气息；你一推开家门，心里便会有一个声音："噢，家！""噢，久违了。"家说："喂，你还好吗？"你就甩掉鞋帽，甩掉衣裳，甩掉你在外面的世界里不得不钻入其中的那一套行头，露出原形（不单指身体）——这也是一种语言，是你对家的报答，是对它由衷的信任和感激。

即便这家只你一人，你也不能总在街上乱走。即便你用不着起火落灶，你总也得有一处安魂入梦的地方。家其实不限于空间，家更是一种时光，一种油然的心绪。此时与此心，可以清理你的秘密，不拘一格地思想，想入非非，正如你可以随意躺倒，肆意欢叫，不必再让微笑堆痛你的脸。你可以独享你的心情，独享你的智慧和想象，因而家又忽然地可以穿透四壁，山高水长，无边无际地铺展。

单有精美的家具堆在身边，你担不担心这儿可能是家具店？单有价值连城的古董摆在四周，你怀不怀疑这儿可能是博物馆？就比如一群妖艳女子整天伴你左右，你怕不怕这儿可能是红灯区？家，正是要消除你的这类恐惧。家徒四壁也依然是容纳你的躯体又放纵你的心情的地方，是陪伴你的欢乐又收容你的痛苦的地方。设若只你一人有些孤独，你不妨扭亮台灯，翻开书，踏踏实实地听一回先哲的教诲，那一刻便全是回家的感觉。也不妨铺开纸，随心所欲，给一位心仪已久的人写封信，于是乎那一条邮路上便都是家的消息。这其实就是写作了。写作就是写给心仪已久的人呀，尽管你不知道他们是谁，位于空间的何处。

竞争是件好事，否则人间不免寂寞。但为什么一定要比着豪华呢？不可以比着简朴吗？享受更是无可非议，但是，人终于能够享受的只有心情和智慧，借助倾诉与倾听。所以，就祝愿所有的家都至少有两个人，相亲相爱的两个人。一个电话又一个电话地为那闲置的豪居呼救，冤哪！

病隙碎笔（一）(节选)

一

所谓命运，就是说，这一出"人间戏剧"需要各种各样的角色，你只能是其中之一，不可以随意调换。

写过剧本的人知道，要让一出戏剧吸引人，必要有矛盾，有人物间的冲突。矛盾和冲突的前提，是人物的性格、境遇各异，乃至天壤之异。上帝深谙此理，所以"人间戏剧"精彩纷呈。

写剧本的时候明白，之后常常糊涂，常会说："我怎么这么倒霉！"其实谁也有"我怎么这么走运"的时候，只是这样的时候不嫌多，所以也忘得快。但是，若非"我怎么这么"和"我怎么那么"，我就是我了吗？我就是我。我是一种限制。比如我现在要去法国看"世界杯"，一般来说是坐飞机去，但那架飞机上天之后要是忽然不听话，发动机或起落架"谋反"，我也没办法再跳上另一架飞机了，一切只好看命运的安排，看那一幕戏剧中有没有飞机坠毁的情节，有的话，多么美妙的足球也只好由别人去看。

二

把身体比作一架飞机，要是两条腿（起落架）和两个肾（发动机)一起失灵,这故障不能算小,料必机长就会走出来,请大家留些遗言。

躺在透析室的病床上,看鲜红的血在透析器里汩汩地走——从我的身体里出来,再回到我的身体里去,那时,我常仿佛听见飞机在天上挣扎的声音,猜想上帝的剧本里这一幕是如何编排。

有时候我设想我的墓志铭,并不是说我多么喜欢那路东西,只是想,如果要的话最好要什么?要的话,最好由我自己来选择。我看好《再别康桥》中的一句:我轻轻地走,正如我轻轻地来。在徐志摩先生,那未必是指生死,但在我看来,那真是最好的对生死的态度,最恰当不过,用作墓志铭再好也没有。我轻轻地走,正如我轻轻地来,扫尽尘嚣。

但既然这样,又何必弄一块石头来做证?还是什么都不要吧,墓地、墓碑、花圈、挽联以及各种方式的追悼,什么都不要才好,让寂静,甚至让遗忘,去读那诗句。我希望"机长"走到我面前时,我能镇静地把这样的遗言交给他。但也可能并不如愿,也可能"筛糠"。就算"筛糠"吧,讲好的遗言也不要再变。

三

有一回记者问到我的职业,我说是生病,业余写一点儿东西。这不是调侃,我这四十八年大约有一半时间用于生病,此病未去彼病又来,成群结队好像都相中我这身体是一处乐园。或许"铁生"二字暗合了某种意思,至今竟也不死。但按照某种说法,这样的不死其实是惩罚,原因是前世必没有太好的记录。我有时想过,可否据此也去做一回演讲,把今生的惩罚与前生的恶迹一样样对照着摆给——比如说,正在腐败着的官吏们去做警告?但想想也就作罢,料必他们也是无动于衷。

四

生病也是生活体验之一种，甚或算得一项别开生面的游历。这游历当然是有风险，但去大河上漂流就安全吗？不同的是，漂流可以事先做些准备，生病通常猝不及防；漂流是自觉的勇猛，生病是被迫的抵抗；漂流，成败都有一份光荣，生病却始终不便夸耀。不过，但凡游历总有酬报：异地他乡增长见识，名山大川陶冶性情，激流险阻锤炼意志，生病的经验是一步步懂得满足。发烧了，才知道不发烧的日子多么清爽。咳嗽了，才体会不咳嗽的嗓子多么安详。刚坐上轮椅时，我老想，不能直立行走岂非把人的特点搞丢了？便觉天昏地暗。等到又生出褥疮，一连数日只能歪七扭八地躺着，才看见端坐的日子其实多么晴朗。后来又患"尿毒症"，经常昏昏然不能思想，就更加怀恋起往日时光。终于醒悟：其实每时每刻我们都是幸运的，因为任何灾难的前面都可能再加一个"更"字。

五

坐上轮椅那年，大夫们总担心我的视神经会不会也随之作乱，隔三岔五推我去眼科检查，并不声张，事后才告诉我已经逃过了怎样的凶险。人有一种坏习惯，记得住倒霉，记不住走运，这实在有失厚道，是对神明的不公。那次摆脱了眼科的纠缠，常让我想想后怕，不由得瞑揖默谢。

不过，当有人劝我去佛堂烧炷高香，求佛不断送来好运，或许能还给我各项健康时，我总犹豫。不是不愿去朝拜（更不是不愿意忽然站起来），佛法博大精深，但我确实不认为满腹功利是对佛法的尊敬。便去烧香，也不该有那样的要求，不该以为命运欠了你什么。莫非是佛一时疏忽错有安排，倒要你这凡夫俗子去提醒一二？唯当去求一份智慧，以醒贪迷。为求实惠去烧香磕头念颂词，总让人摆脱不掉阿谀、行贿的感觉。就算是求人办事吧，也最好不是这样的逻辑。实在碰上贪官非送财礼不可，也是鬼鬼祟祟地才对，怎么竟敢大张旗鼓去佛门徇私舞弊？佛门清净，凭一肚子委屈和一叠账单还算什么朝拜？

六

约伯的信心是真正的信心。约伯的信心前面没有福乐做引诱，有的倒是接连不断的苦难。不断的苦难曾使约伯的信心动摇，他质问上帝：作为一个虔诚的信者，他为什么要遭受如此深重的苦难？但上帝仍然没有给他福乐的许诺，而是谴责约伯和他的朋友不懂得苦难的意义。上帝把他伟大的创造指给约伯看，意思是说：这就是你要接受的全部，威力无比的现实，这就是你不能从中单单拿掉苦难的整个世界！约伯于是醒悟。

不断的苦难才是不断地需要信心的原因，这是信心的原则，不可稍有更动。倘其预设下丝毫福乐，信心便容易蜕变为谋略，终难免与行贿同流。甚至光荣，也可能腐蚀信心。在没有光荣的路上，信心可要放弃吗？以苦难去做福乐的投资，或以圣洁赢取尘世的荣耀，都不是上帝对约伯的期待。

七

曾让科学大伤脑筋的问题之一是：宇宙何以能够满足如此苛刻的条件——阳光、土壤、水、大气层，以及各种元素恰到好处的比例，以及地球与其他星球妙不可言的距离——使生命孕育，使人类诞生？

若一味地把人和宇宙分而观之，人是人，宇宙是宇宙，这脑筋就怕要永远伤下去。天人合一，科学也渐渐醒悟到人是宇宙的一部分，这样，问题似乎并不难解：任何部分之于整体，或整体之于部分，都必定密切吻合。譬如一只花瓶，不小心摔下几块碎片，碎片的边缘尽管参差诡异，拿来补在花瓶上也肯定严丝合缝。而要想复制同样的碎片或同样的缺口，比登天还难。

八

世界是一个整体，人是它的一部分，整体岂能为了部分而改变其整体意图？这大约就是上帝不能有求必应的原因。这也就是人类以及个人永远的困境。每个角色都是戏剧的一部分，单提出一个来宠爱，就怕整出戏剧都不好看。

上帝能否插手人间？一种意见说能，整个世界都是他创造的呀。另一种意见说不能，他并没有体察人间的疾苦而把世界重新裁剪得更好。从后一种理由看，他确是不能。但是，从他坚持整体意图的不可改变这一点想，他岂不又是能吗？对于向他讨要好运的人来说，他未必能。但是，就约伯的醒悟而言，他岂不又是能吗？

九

撒旦不愧是魔鬼,惯于歪曲信仰的意义。撒旦对上帝说:约伯所以敬畏你,是因为你赐福于他,否则看他不咒骂你!上帝想看看是不是这样,便允许撒旦夺走了约伯的儿女和财产,但约伯的信心没有动摇。撒旦又对上帝说:单单舍弃身外之物还不能说明什么,你若伤害他的身体,看看会怎样吧!上帝便又允许撒旦让约伯身染恶病,但信者约伯仍然没有怨言。

撒旦的逻辑正是行贿受贿的逻辑。

约伯没有让撒旦的逻辑得逞。可是,他却几乎迷失在另一种对信仰的歪曲中:"约伯,你之所以遭受苦难,料必是你得罪过上帝。"这话比魔鬼还可怕,约伯开始觉到委屈,开始埋怨上帝的不公正了。

这样的埋怨我们也熟悉。好几次有人对我说过,也许是我什么时候不留神,说了对佛不够恭敬的话,所以才病而又病,我听了也像约伯一样顿生怨愤——莫非佛也是如此偏爱恭维、心胸狭窄?还有,我说约伯的埋怨我们也熟悉,是说,背运的时候谁都可能埋怨命运的不公平,但是生活,正如上帝指给约伯看到的那样,从来就布设

《约伯记》插图　[英]威廉·布莱克　绘

了凶险，不因为谁的虔敬就给谁特别的优惠。

十

可是上帝终于还是把约伯失去的一切还给了约伯，终于还是赐福给了那个屡遭厄运的老人，这又怎么说？

关键在于，那不是信心之前的许诺，不是信心的回扣，那是苦难极处不可以消失的希望呵！上帝不许诺光荣与福乐，但上帝保佑你的希望。人不可以逃避苦难，亦不可以放弃希望——恰是在这样的意义上，上帝存在。命运并不受贿，但希望与你同在，这才是信仰的真意，是信者的路。

十一

重病之时，我总想起已故好友周郿英，想起他躺在病房里，瘦得只剩一副骨架，高烧不断，溃烂的腹部不但不愈合反而在扩展……窗外阳光灿烂，天上流云飞走，他闭上眼睛，从不呻吟，从不言死，有几次就那么昏过去。就这样，三年，他从未放弃希望。现在我才看见那是多么了不起的信心。三年，那是一分钟一分钟连接起来的，漫漫长夜到漫漫白昼，每一分钟的前面都没有确定的许诺，无论科学还是神明，都没给他写过保证书。我曾像所有他的朋友一样赞叹他的坚强，却深藏着迷惑：他在想什么，怎样想？

可能很简单：他要活下去，他不相信他不能够好起来。从约伯故事的启示中我知道：真正的信心前面，其实是一片空旷，除了希望什么也没有，想要也没有。

但是他没能活下去，三年之后的一个早晨，他走了。这是对信心的嘲弄吗？当然不是。信心，既然不需要事先的许诺，自然也就不必有事后的恭维，它的恩惠唯在渡涉苦难的时候可以领受。

十二

求神明保佑，可能是人人都会有的心情。"人定胜天"是一句言过其实的鼓励，"人是被抛到这个世界上来的"才是实情。生而为人，终难免苦弱无助，你便是多么英勇无敌，多么厚学博闻，多么风流倜傥，世界还是要以其巨大的神秘置你于无知无能的地位。

有一部电影，《恺撒大帝》。恺撒大帝威名远扬，可谓"几百年才出一个"。其中一个情节：他唯一倾心的女人身患重病，百般医药，千般祈告，终归不治。恺撒，这个意志从未遭遇过抗逆的君主，涕泪横流仰面苍天，一声暴喊："老天哪！把她还给我，恺撒求你了！"那一声喊让人魂惊魄动。他虽然仍不忘记他是恺撒，是帝王，说话一向不打折扣，但他分明是感到了一种比他更强大的力量，他以一生的威严与狂傲去垂首哀求，但是……结果当然简单——剧场灯亮，恺撒时代与电影时代相距千载，英雄美人早都在黑暗的宇宙中灰飞烟灭。

我也曾这样祈求过神明，在地坛的老墙下，双手合十，满心敬畏（其实是满心功利）。但神明不为所动。是呀，恺撒尚且哀告无功，我是谁？古园寂静，你甚至能感到神明在傲慢地看着你，以风的穿流，以云的变幻，以野草和老树的轻响，以天高地远和时间的均匀与漫长……你只有接受这傲慢的逼迫，曾经和现在都要接受，从那悠久的空寂中听出回答。

十三

有三类神。第一类自吹自擂好说瞎话，声称万能，其实扯淡，大水冲了龙王庙的事并不鲜见。第二类喜欢恶作剧，玩弄偶然性，让人找不着北。比如足球吧，世界杯赛，就是用上最好的大脑和电脑，也从未算准过最后的结局。所以那玩意儿可以大卖彩票。小小一方足球场，满打满算二十几口人，便有无限多的可能性让人料想不及，让人哭，让人笑，让翩翩绅士当众发疯，何况偌大一个人间呢。第三类神，才是博大的仁慈与绝对的完美。仁慈在于，只要你往前走，他总是给路。在神的字典里，行与路共用一种解释。完美呢，则要靠人的残缺来证明，靠人的向美向善的心愿证明。在人的字典里，神与完美共用一种解释。但是，向美向善的路是一条永远也走不完的路，你再怎样走吧，"月亮走我也走"，它也还是可望不可即。

刘小枫先生在他的书里说过这样的意思：人与上帝之间有着永恒的距离。这很要紧。否则，信仰之神一旦变成尘世的权杖，希望的解释权一旦落到哪位强徒手中，就怕要惹祸了。

十四

唯一的问题是：向着哪一位神，祈祷？

说瞎话的一位当然不用再理他。

爱好偶然性的一位，有时候倒真是要请他出面保佑。事实上，任何无神论者也都免不了暗地里求他多多关照。但是，既然他喜欢的是偶然性而并不固定是谁，你最好就放明白些，不能一味地指靠他。

第三位才是可以信赖的。他把行与路做同一种解释，就是他保证了与你同在。路没有尽头，便是他遥遥地总在前面，保佑着希望永不枯竭。他所以不能亲临俗世，在于他要在神界恪尽职守，以展开无限时空与无限的可能，在于他要把完美解释得不落俗套、无与伦比，不至于还俗成某位强人的名号。他总不能为解救某处具体的疾苦，而置那永恒的距离失去看管。所以，北京人王启明执意去纽约寻找天堂，真是难为他了。

十五

我寻找他已多年，因而有了一点儿体会：凡许诺实惠的，是第一位。有时取笑你，有时也可能帮你一把的是第二位。第三位则不在空间中，甚至也不在寻常的时间里，他只存在于你眺望他的一刻，在你体会了残缺去投奔完美、带着疑问但并不一定能够找到答案的那条路上。

因而想到，那也应该是文学的地址，诗神之所在，一切写作行为都该仰望的方向。奥斯维辛之后人们对诗产生了怀疑，但正是那样的怀疑吧，使人重新听见诗的消息。那样的怀疑之外，诗，以及一切托名文学的东西，都越来越不足信任。文学的心情一旦顺畅起来，就不大明白为什么一定要有它。说生活是最真实的，这话怎么好像什么也没说呢？大家都生活在生活里，这样的真实如果已经够了，文学干吗？说艺术源于生活，或者说文学也是生活，甚至说它们不要凌驾于生活之上，这些话都不易挑剔到近于浪费。布莱希特的"间离说"才是切中要害。艺术或文学，不要做成生活（哪怕是苦难生活）的侍从或帮腔，要像侦探，从任何流畅的秩序里听见磕磕绊绊的声音，在任何熟悉的地方看出陌生。

十六

写《务虚笔记》的时候，我忽然明白：凡我笔下人物的行为或心理，都是我自己也有的，某些已经露面，某些正蛰伏于可能性中伺机而动。所以，那长篇中的人物越来越互相混淆——因我的心路而混淆，又混淆成我的心路：善恶俱在。这不是从技巧出发。我在哪儿？一个人确切地存在于何处？除去你的所作所为，还存在于你的所思所欲之中。于是可以相信：凡你描写他人描写得（或指责他人指责得）准确——所谓一针见血，入木三分，惟妙惟肖——之处，你都可以沿着自己的理解或想象，在自己的心底找到类似的埋藏。真正的理解都难免是设身处地，善如此，恶亦如此，否则就不明白你何以能把别人看得那么透彻。作家绝不要相信自己是天命的教导员，作家应该贡献自己的迷途。读者也一样，在迷途面前都不要把自己洗得太干净，你以什么与之共鸣呢？可有谁一点儿都不体会丑恶所走过的路径吗？

这便是人人都需要忏悔的理由。发现他人之丑恶，等于发现了自己之丑恶的可能，因而是已经需要忏悔的时刻。这似乎有点过分，但其实又适合国情。

二十五

灵魂不死，是一个既没有被证实，也没有被证伪的猜想。而且，这猜想只可能被证实，不大可能被证伪。怎样证伪呢？除非灵魂从另一个世界里跳出来告密。

可是，却有一种强大的意志信誓旦旦地宣布：死即绝对的寂灭，并无灵魂的继续，死了就什么都没了，唯此才是科学，相反的期待全属愚昧，是迷信。相信科学的人竟很少对此存疑，真是咄咄怪事。未被证伪而信其伪，与未被证实而信其实，到底怎么不一样？倘前者是科学，后者怎么就一定愚昧？莫非不能证明其有，便已经是证明其无了？这就更加奇怪，岂不等于说一切猜想都是愚昧吗？可是，哪一样科学不是由猜想作为引导？

局面似乎不好收拾。首先，人出生了，便迟早要死，迟早会对死后的境况持一种态度。其次，死后无非那两种可能，并无第三类机会。最后，那两种可能无论你相信哪一种，都一样不好意思请科学来撑腰。

二十六

但猜想是必要的。猜想的意义并不一定要由证实来支持。相反，猜想支持着希望，支持着信心。一定要把猜想列为迷信，只好说，一律地铲除迷信倒不美妙。活着，不是仅仅有了科学就够。当然，装神弄鬼骗人钱财的，自封神明愚弄百姓的，理应铲除。但其所以要铲除，倒不是看它不科学，是看它不人道。原子弹很科学，也要铲除。一个人，身患绝症，科学已无能给他任何期待，他满心的坚强与泰然可是牵系于什么呢？地球早晚要毁灭，太阳也终于要冷下去，科学尚不知那时人类何去何从，可大家依然满怀豪情地准备活下去，又是靠着什么？靠着信心，靠着对未来并无凭据的猜想和希望。但这就是迷信吗？但这不能铲除。相反，谁要铲除这样的信心，甚或这样的迷信，倒不允许。先哲有言：科学需要证明，信仰并不需要。事实上，我们的前途一向都隐藏在神秘中，但我们从不放弃，不因为科学注定的局限而沮丧。那也就是说，科学并非我们唯一的依赖，甚至不是根本的依赖。

二十七

既然人死后，灵魂的有与无同样都拿不到证据（真是一件公平的事呵），又为什么会有泾渭分明的两种信奉，一种宁可信其有，另一种偏要宣布其无呢？依我想，关键在于接下来互不相同的推演。

信其有者的推演是：于是会有地狱，会有天堂，会有末日审判，总之善恶终归要有个结论。这大约就是有神论。不过，有神论对神的态度并不都一致，这是另外的话。

宣布其无者的推演是：当然就没有什么因果报应，没有地狱，没有天堂，也没有末日审判。此属无神论。但无神论也有着对神的描画，否则怎么断定其无呢？且其描画基本一致，即那是一种谁也没见过、也不可能见过，然而却束缚人，甚至威胁着人类自由的东西。"不，那根本是没有的！"

二十八

这其实就有点儿问题了：根本没有的东西如何威胁人？根本没有，何至于这么着急上火地说它没有？显然是有点儿什么，不一定有形，但确乎在影响我们。并非看得见摸得着的东西才存在，你能撞见谁的梦吗？或者摸一摸谁的幻想？神，在被猜想之时诞生，在被描画的时候存在，在两种相反的信奉中同样施展其影响。

信其有者，为人的行为找到了终极评判乃至奖惩的可能，因而为人性找到了法律之外的监督。比如说警察照看不到的地方，恶念也有管束。当然，弄不好也会为专制者提供方便，强徒也会祭起神明。

信其无者则为人的为所欲为铺开坦途，看上去像是渴盼已久的自由终于降临，但种种恶念也随之解放，有恃无恐。但这也并不就能预防专制，乱世英雄大权独握，神俗都踩在脚下。

二十九

说白了，作恶者更倾向于灵魂的无。死即是一切的结束，恶行便告轻松。于此他们倒似乎勇敢，宁可承担起死后的虚无，但其实这里面掩藏着潜逃的战栗，即对其所作所为不敢负责。这很像是蒙骗了裁判的犯规者，事后会宽慰有加地告诉你：比赛已经结束，录像并不算数。

人死后灵魂依然存在，是人类高贵的猜想，就像艺术，在科学无言以对的时候，在神秘难以洞穿的方向，以及在法律照顾不周的地方，为自己填写下美的志愿，为自己提出善的要求，为自己许下诚的诺言。

但是恶行出现了。恶行警觉地发现，若让那高贵的猜想包围，形势明显不妙。幸亏灵魂不死难于证实，这不是个好消息吗？恶行于是看中"证实"二字，慌不择路地拉扯上科学——什么好意思不好意思的——向那高贵的猜想发难。但是匆忙中它听差了，灵魂不死的难于证实并不见得对它是个好消息，那只是说，科学在这个问题上持弃权态度。科学明白：灵魂的问题从来就在信仰的领域，"证实"与"证伪"都是外行话。

三十

可什么是恶呢?有时候善意会做成坏事,歹念碰巧了竟符合义举。这样的时候善恶可怎么评断,灵魂又据何奖惩?以效果论吗,有法律在,其他标准最好都别插嘴。以动机论吗,可是除了自己,谁又吃得准谁一定是怎么想的?所以,良心的审判,注定地,审判者和被审判者都只能是自己。这就难了,自我的审判以什么做标准呢?除非是信仰!或者你心里早有着一种善恶标准,或者你就得费些思索去寻找它。这标准的高低姑且不论,但必超乎于法律之外,必非他人可以代劳,那是你自己的事,是灵魂独对神的倾诉、忏悔和讨教。这标准碰巧了也可能符合科学,但若不巧,你的烦忧恰恰是科学的盲区呢?便只好在思之所极的空茫处,为自己选择一种正义,树立一份信心。这选择与树立的发生,便可视为神的显现。这便是信仰了,无须实证却可以坚守。

善恶的标准,可以永久地增补、修正,可以像对待幸福那样,做永久的追寻。怕只怕人的心里不设这样的标准,拆除这样的信守,没有这样的法庭也不打算去寻找它,同时快乐地宣扬这才是人性的复归。

三十一

不过麻烦并没有完:倘那选择与树立完全由着自己说了算,事情岂不荒唐?岂不等于还是没有标准?岂不等于可以为所欲为、自做神明?一家一面旗,都说自己替天行道,冷战热战于是不亦乐乎,神明与神明的战争并不见得比群殴来得文明。

所以必有一个问题：神到底在哪儿？神到底负责什么事？

所以必有一种回答：神永远不是人，谁也别想冒充他。神拒绝"我们"，并不站在哪一家的战壕里。神，甚至是与所

《基督显圣》　［俄］亚历山大·伊凡诺夫 绘

有的人都作对的——他从来都站在监督人性的位置上，傲慢地看着你。在对人性恶的觉察中，在人的忏悔意识里，神显现。在人性去接近完美却发现永无终途的路上，才有神圣的朝拜。

三十二

"因果报应"还是靠近着谋略。善行义举，不为今生利禄，但求来世福报，这逻辑总还是疙里疙瘩的与撒旦的思想类似。倘来世未必就有福报呢，善行义举是不是随之就有疑问？那样的话，岂不仍是谋略？说得不好听，有点放长线钓大鱼的意思。这样的谋略潜移默化，很容易成为贿赂的参考——既然可以为来世的福报去阿谀神明，何以不能为今生的利禄去谄媚高官？

三十三

我听到过一种劝人为善的教导，说是做人不要怕吃亏，吃亏未尝不是好事。可接下来的逻辑让人迷惑：你今生吃多少亏，来世便

得多少福，那个占了你便宜的人呢，来世便有多少苦。再往下听：你不妨多让别人占些便宜去，不要以为这不划算，其实是别人用他的福换走了你的苦。好家伙！原是要劝人为善，怎么越弄越像是阴谋了？原是劝人不要怕吃亏，怎么最后倒赚走了别人的福去？

三十五

　　看足球就像看人生。或看它是一场圣战，全部热情都在打败异己。或视之为一次信心的锤炼和精神的狂欢，场地上演出的是坎坷人生的缩影，看台上唱诵的是对不屈的颂扬，是爱的祈盼。再是说，这火爆的游戏真是荒唐，执迷不悟，如痴如癫压根儿是一场错误，何如及早抽身脱离红尘，去投奔无苦无忧的极乐之地？

　　第三种态度常令我暗自踌躇。越是接近人生的终点，越是要想：这人间真的可爱吗？说可爱，太过简单，简单得像一句没有内容的套话，其实人人心底都有一幅更美好的图景。就连科学也已经看见，人的自命不凡已经把这个星球搞得多么乌烟瘴气，贪婪鼓舞着贪婪，纷争繁衍着纷争，说不定哪天冒出个狂人，一场细菌大战，人间戏剧忽然收场。也许人间真的是一场错误？也许，在某一种时空中真的存在着极乐？人是这样的渺小无知，人的智识之外，宇宙的神秘浩瀚无边，为什么肯定没有那样的地方？人不知其所在罢了，人却可能在来生去投靠它。这真是多么迷人的图景！于是正有很多这样的理想流行，天上人间，美妙超过以往的种种主义、种种法门汇成一句话：到那儿去吧，这儿已经无可留恋，这儿已是残山剩水，那儿才是你的梦中天堂。信与不信，常让我暗自踌躇。

三十六

　　单说遏制人类的贪婪吧，乐观的理由就少，悲观的根据越来越多。森林消失，草原沙化，河流干涸，海洋污染，天上破着个大窟窿而且越来越大，但人类还在热火朝天地敲诈和掠夺。这差不多已经成了习惯，真能遏制吗？令人怀疑。比如我，下了好大决心，也只抗拒了羊绒衫的诱惑——据说那东西破坏植被，但更多的诱惑只在理论上抗拒。人类也真是发明了很多好玩意儿，空调、汽车、飞机、化肥、农药、电脑……丰富得超过有用的商品、新奇得等于屠杀的美味、舒适得近似残废的生活……人能齐心协力放弃这样的舒适吗？还是让人怀疑。就算有九十九个人愿意放弃，但剩下一个人坚持，舒适的魔力就要扩散，就会有二、三、四、五、六……个人出来继承和发扬。

　　常能读到一些"现代主义"或者"后现代主义"的精彩理论，赞叹之余一走神儿，看见生活自有其不要命的步伐。魔法一旦把人套住，大概就只有"一直往前走，不要朝两边看"了。

三十七

　　设想有一处不同于人间的极乐之地，不该受到非难。但问题是，谁能洞开通向那儿的神秘之门？

　　这就又惹动了争夺。大师林立，功法纷纭，其实都说着同一句话：跟随我吧。到底应该跟随谁呢？这神秘的权力究竟是谁掌握着？无从分辨。似乎就看谁许下的福乐更彻底了。

　　既已许下福乐，便不愁没人着迷，于是又一场蜂拥，以当年眺

望"主义"的热情去眺望另一维时空了——原来天堂并不在咱这地界儿,以往真是瞎忙。于是调离苦难的心情愈加急迫,然而天堂的门票像似有限,怎么办?那就只好谁先觉悟谁先去吧,至于那些拿不到门票的人嘛,实在是他们自己慧根不够、福缘浅薄,又怨得哪一个?

闹来闹去这逻辑其实又熟悉:为富不仁者对穷人不是也这么说吗——你自己无能,又怨得谁个?这逻辑也许并不都错,但这漠然无爱的境界不正是人间凶险的首要?记得佛门有一句伟大教诲:一人未得度,众生都未得度。佛祖有一句感人的誓言:我不下地狱谁下地狱?怎么到了一些自命的佛徒那里,竟变得与福利分房相似?——房源(或者福运)有限,机不可失,大家各显神通吧。

三十八

因此我大大地迷惑:就算那极乐之地确凿,就算我们来生确实有望被天堂接纳,但那可是凭着"先天下之乐而乐"的心情就能够去的吗?倘天堂之门也是偏袒着争抢之下的强者,天堂与人间可还有什么两样?好吧,退一步想,就算争抢着去的也就去了,但这漠然无爱的心情被带去天堂,天堂还会永远无忧吗?争抢的欲望,不会把那儿也搅得"群雄并起,天上大乱"?

所以我宁可还是相信,所谓天堂即人的仰望,仰望使我们洗去污浊。所谓另一维时空,其实是指精神的一维,这一维并不与人间隔绝,而是与我们所在的这个世界重叠融会。

神秘的力量,毫无疑问是存在的。神秘,存在于冥冥之中。这其实很好,恰为人间的梦想与完善铺筑起无限的前途。但是,这无限既由神秘所辖,便不容得凡人染指。原因简单:有限的凡人怎么可能通晓无限的神秘？神秘的商标一旦由凡人注册，就最值得大众担心——他掌握着神秘的权力呵，有什么疑问还敢跟他讨论？有什么不同意见还敢跟他较真儿？岂不又是"理解的执行，不理解的也要执行"了吗？

四十一

不管怎么说，给爱下定义是要惹上帝发笑的。不如先绕开它，换个角度，这样问：什么时候，你第一次感到了爱？或者是在什么样的时候，你感到了需要爱？

我常回想，那是在什么时候？什么样的时候？

那大约要追溯到上小学的时候。有个女孩儿，与我同年，她长得漂亮吗？但是我的目光总被她吸引，只要她在，我的注意力就总是去围绕她。最初发现她是在一次"六一"儿童节的庆祝会上，她朗诵一首诗，关于一个穷苦的黑人孩子的诗……会场中先还有些喧闹，但忽然喧闹声沉落下去，只剩下她的声音在会场中飘荡，清纯、稚气，但却微微地哽咽，灯光全部聚向她时，我看见她的眼边有泪光……从那以后我总想去接近她，但又总是远远地看她并不敢走去近前，甚至跟她说话也有自惭形秽之感，甚至连她的住处也让我想象迭出觉得神圣不可即。这是爱吗？爱的萌动？但这与性有多少关系呢？那女孩儿，现在想来真的不能算漂亮，身上一点女人的迹象也还没有。是什么触动了我呢？

四十二

如果那一次触动中其实有着懵懂的性因素，可同样的触动也曾来自一个男孩儿，他住在一座不同寻常的房子里，我在《务虚笔记》中写过那座房子，在《务虚笔记》中我借助对一个女孩儿的眺望，写过，我怎样走进了那座漂亮的房子，看见了里面的生活。那是一座在我当时看去不可思议的房子，和一种我想象不到的生活，在《务虚笔记》中我写到了我当时的感受。在走不尽的灰暗小街的缠缠绕绕之中，在寂寞的冬天的早晨，曚昽的阳光之下，那座房子明朗、清洁、幽静，仿佛置身世外。那里面的布设和主人们的举止，都高雅得让我惊诧，让我羡慕，让一个欲念初萌的孩子从头到脚弥漫开沉沉的自卑。我很快就感觉到了一种冷淡，和冷淡的威胁。不错，是自卑，我永远都看见那一刻，那一刻永不磨灭。那儿的人是否傲慢地说了什么并不重要，重要的是那自卑与生俱来，重要的是那冷淡的威胁其实是由自卑构筑，即使那儿的人没有任何傲慢的表示我也早就想逃跑了。《务虚笔记》中写的是：我想回家。我跑出了那座美丽的房子，我走在回家的路上，但是家——那一向等待着我的温暖之中，忽然掺进了一缕黯然。家，由于另一种生活的衬照，由于冷淡的威胁，竟也变得孤独堪怜。在《务虚笔记》中，我借助于画家Z的形象去看过我自己那时的心情……

四十三

自卑，历来送给人间两样东西：爱的期盼，与怨愤的积累。

我想，画家Z曾经得到的是后一种。我呢？我之所以能够想象他，想象他就是在那次回家的路上走进了怨愤，料必因为Z是我的一部分，至少曾经是这样。要征服那冷淡，要以某种姿态抵挡乃至压倒那冷淡的威胁，自卑于是积累起怨愤，怨愤再加倍地繁衍自卑——这就是画家Z。相反，若是梦想着世间不再有那样的冷淡，梦想着，被那冷淡雕铸的怨愤终于消散，所有失望过和傲慢过的心灵都能够相互贴近，那就是爱的期盼。甚至纯真的心从不多看那冷淡一眼，唯热盼着与另外的心灵沟通，不屈不挠地等待，走遍一生去寻找，那就是爱的路程。在《务虚笔记》中，我借助诗人L、女教师O和F医生的身影，走进这样的梦想，借助于对他们的理解看见了我的另一种心情。

这两种心情似乎都是与生俱来，盘根错节同时都在我心里，此起彼伏，铺设成我的心路。别人也都是这样吗？我只知道，兼具这两种心情的我才是真实的我。我站在Z的脚印上，翘望L、O和F的方向。我体会着Z的自卑，而神往于L、O和F痴心不改的步伐。而且，越是Z的消息沉重，越是L、O和F的消息明媚动人。我知道了，爱，原就是自卑弃暗投明的时刻。自卑，或者在自卑的洞穴里步步深陷，或者转身，在爱的路途上迎候解放。

四十四

不过自卑，也许开始得还要早些。开始于你第一次走出家门的时候。开始于你第一次步入人群，分辨出了自己和别人的时候。开始于你离开母亲的偏袒和保护，独自面对他者的时候。开始于这样的时候：你的意识醒来了，看见自己被局限在一个小小的躯体中，而在自己之外世界是如此巨大，人群是如此庞杂，自己仿佛囚徒。开始于这样的时候：在这纷纭的人间，自己简直无足轻重，而这一切纷纭又都在你的欲望里，"自己"二字是如此的不可逃脱，不能轻弃。开始于这样的时候：你想走出这小小躯体的囚禁，走向别人，盼望着生命在那儿得到回应，心魂从那儿连接进无比巨大的存在，无限的时间因而不再是无限的冷漠……但是，别人也有这样的

愿望吗？在墙壁的那边，在表情后面，在语言深处，别人，到底都是什么？对此你毫无把握。但囚徒们并不见得都想越狱出监，囚徒中也会有告密者，轻蔑、猜疑和误解加固着牢笼的坚壁，你热烈的心愿前途未卜，而一旦这心愿陷落，生命将是多么孤苦无望，多么索然无味，荒诞不经。我能记起很多次这样的经历。从幼年一直到现在，我有过很多次失望——可能我也让别人有过这类失望——很多次深刻的失望其实都可以叫作失恋，无论性别，因为在那之前的热盼正都是爱的情感：等待着他人的到来，等待着另外的心魂，等待着自由的团聚。虽因年幼，这热盼曾经懵然不知何名，但当有一天，爱的消息传来，我立刻认出那就是它，毫无疑问一直都是它。

四十五

爱这个字，颇多歧义。母爱、父爱等等，说的多半是爱护。"爱牙日"也是说爱护。爱长辈，说的是尊敬，或者还有一点威吓之下的屈从。爱百姓，还是爱护，这算好的，不好时里面的意思就多了。爱哭，爱睡，爱流鼻涕，是说容易、控制不住。爱玩，爱笑，爱桑拿，爱汽车，说的是喜欢。"爱怎么着就怎么着"，是想的意思，随便你。"你爱死不死"，也是说请便，不过已经是恨了。

爱，与喜欢混淆得最严重。"我爱你"，可能是表达着一次真正的爱情，也可能只是好色之徒的口头禅，还可能是各有所图的一回交易。喜欢，好东西谁不喜欢？快乐的事谁不喜欢？没有理由谴责喜欢，但喜欢与爱的情感不同。爱的情感包括喜欢，包括爱护、尊敬和控制不住，除此之外还有最紧要的一项：敞开。互相敞开心魂，为爱所独具。这样的敞开，并不以性别为牵制，所谓推心置腹，所谓知己，所谓同心携手，是同性之间和异性之间都有的期

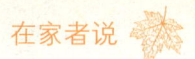

待，是孤独的个人天定的倾向，是纷纭的人间贯穿始终的诱惑。

四十八

爱之永恒的能量，在于人之间永恒的隔膜。爱之永远的激越，由于每一个"我"都是孤独。人不仅是被抛到这个世界上来的，而且是一个个分开着被抛来的。

在上帝那儿，在灵魂被囚进肉体之前，"一生二，二生三，三生万物"之初，并无我、你、他之分别，巨大的存在之消息浑然一体，无分彼此内外，扶摇漫展无所不在。然后人间诞生了，人间诞生了其实就是有限诞生了。巨大的存在之消息被分割进亿万个小小的肉体，小小的囚笼，亿万种欲望拥挤摩擦，相互冲突又相互吸引，纵横交错成为人间，总有一些在默默运转，总有一些在高声喊叫，总有一些黯然失色随波逐浪，总有一些光芒万丈彪炳风流，总有弱中弱，总有王中王——不管是以什么方式，不管是以什么标牌，不管是以刀枪、金钱还是话语……总归一样。尼采说对了：权力意志。所有的种子都想发芽，所有的萌芽都想长大，所有的思绪都要漫展，没有办法的事。把弱者都聚拢到一块儿去平安吧，弱者中会浮涌出强人。把强人都归堆到一块儿去平等呢，强人中会沉淀出弱者。把人一个个地都隔离开怎么样？又群起而不干。小时候，我们几个堂兄弟之间经常打架，奶奶就嚷："放在一块儿就打，分开一会儿又想！"奶奶看得明白，就这么回事。

五十一

爱是软弱的时刻，是求助于他者的心情，不是求助于他者的施

《通天塔》（局部）　　［尼德兰］彼得·勃鲁盖尔 绘

予，是求助于他者的参加。爱，即分割之下的残缺向他者呼吁完整，或者竟是，向地狱要求天堂。爱所以艰难，常常落入窘境。

所以"爱的奉献"这句话奇怪。左腿怎么能送给右腿一个完整呢？只能是两条腿一起完整。此地狱怎么能向彼地狱奉献一个天堂呢？地狱的相互敞开，才可能朝向天堂。性可以奉献，爱却不能。爱就像语言，闻者不闻，言者还是哑巴。甘心于隔离地活着，唯爱和语言不需要。爱和语言意图一致——让智识走向心魂深处，让深处的孤独与惶然相互沟通，让冷漠的宇宙充满热情，让无限的神秘暴露无限的意义。巴别塔虽不成功，语言仍朝着通天的方向建造。这不是能够嘲笑的，连上帝也不能。人的处境是隔离，人的愿望是沟通，这两样都写在了上帝的剧本里。

五十二

可这有什么用吗？通常的嘲笑和迷惑就在这里：人不可能永生，这一切又有什么用呢？爱有什么用？心魂的敞开有什么用？热情又有什么用呢？但，什么是有用？若仅仅做一种活物，衣食住行之外其实什么都可以取消。然而，乖张如人者偏不安守这样的地位，好事如上帝者偏不允许这样的寂寞，无限膨胀的宇宙偏偏孕育出一种不衰的热情。先哲有言："人是一堆无用的热情。"人即热情，这热情并不派什么别的用场。人就是飘荡在宇宙中的热情消息，就是这宇宙之热情的体现，或者，唯宇宙之热情称为人。若问"热情何用"，等于是问"人何用"，等于问"宇宙何用"，"无用何用"。从必死的角度看，衣食住行又有何用？不如早早结束这一场荒诞。说人就是为了活着，也对，衣食住行是为了活着，梦想也是，倘发狠去死，一切真都是何必？但是，说人只是为了活着，意思就大不一样，丰衣足食地关在监狱里如何？

五十三

但是死，那么容易吗？我是说，谁能让"无用的热情"死去？谁能让宇宙的热情的消息飘散？谁能用一瓶安眠药让世界永远睡去？

宇宙这只花瓶是一只打不烂的魔瓶，它总能够自我修复，保持完整，热情此消彼长永不衰减。人间这出戏剧是只杀不死的九头鸟，一代代角色隐退，又一代代角色登台，仍然七情六欲，仍然悲欢离合，仍然是探索而至神秘、欲知而终于知不知，各种消息都在流传，万古不废。

五十四

这也许荒诞。荒诞如果难逃，哀叹荒诞岂不更是荒诞！荒诞如果难逃，自然而然会有一种猜想：或许这人间真的不过是一座炼狱？我们是来服刑的，我们是来反省和锻炼的，是来接受再教育的（改造客观世界的同时改造主观世界）。下放与下凡异曲同工。迷信和神话中常有这类说法：天神有罪，被遣人间，譬如猪八戒。天神何罪？多半都是"天蓬元帅"一般受了红尘的引诱。好吧，你就去红尘走一遭，在肉体的牢笼中再加深一回对苦难的理解。贾宝玉和孙悟空这一对女娲的弃物，也都是走了这条路，不过比八戒多着自愿的成分。

这样的猜想让人长舒一口气，仿佛西西弗斯的路终于可以有头，终有一天可以放假回家万事大吉，但细想这未必美妙，彻底的圆满只不过是彻底的无路可走。

五十五

经过电子游戏厅，看见痴迷又疲惫的玩客，仿佛是见了人间的模型。变幻莫测的游戏是红尘的引诱，一台台电脑即姓名各异的肉身。你去品尝红尘，要先具肉身——哪一样快乐不是经由它传递？带上足够的本金去吧，让欲望把定一台电脑，灵魂就算附体了，你就算是投了胎，五光十色的屏幕一亮你已经落生人间。孩子们哭闹着想进游戏厅，多像一块块假宝玉要去做"红楼梦"。欲望一头扎进电脑，多像灵魂钻进了肉身？按动键盘吧，学会入世的规矩。熟练指法吧，摸清谋生的门道。谢谢电脑，这奇妙的肉身为实现欲望接通了种种机会——你想做英雄吗？这儿有战争。想当领袖吗？这儿有社会。想成为智者？好，这儿有迷宫。要发财这儿有银行可抢。要拈花惹草这儿有些黄色的东西您看够不够？要赌博？哎呀那还用说，这儿的一切都是赌博。

你玩得如醉如痴，噼里啪啦到噼里啪啦，到本金告罄，到游戏厅打烊，到老眼昏花，直到游戏日新月异踏过你残老的身体，这时似乎才想起点别的什么。什么呢？好像与快乐的必然结束有关。

荒诞感袭来是件好事，省得说"瞎问那么多有什么用"。其实应该祝愿潇洒从头至尾都不遭遇荒诞的盘查，可这事谁也做不了主，荒诞并非没有疏漏，但并不单单放过潇洒。而且你不能拒绝它：拒绝盘查，实际已经被盘查。

五十六

怕死的心理各式各样。作恶者怕地狱当真。行善者怕天堂有诈。潇洒担心万一来世运气不好，潇洒何以为继？英雄豪杰，照理说早都置生死于度外，可一想到宏图伟业忽而回零，心情也不好。总而言之，死之可怕，是因为毕竟谁也摸不清死要把我们带去哪儿。

然而人什么都可能躲过，唯死不可逃脱。

可话说回来，天地间的热情岂能寂灭？上帝的游戏哪有终止？宇宙膨胀不歇，轰轰烈烈的消息总要传达。人便是这生生不息的传达，便是这热情的载体，便是残缺朝向圆满的迁徙，便是圆满不可抵达的困惑和与之同来的思与悟，便是这永无终途的欲望。所以一切尘世之名都可以磨灭，而"我"不死。

五十七

"我"在哪儿？在一个个躯体里，在与他人的交流里，在对世界的思考与梦想里，在对一棵小草的察看和对神秘的猜想里，在对过去的回忆、对未来的眺望，在终于不能不与神的交谈之中。

正如浪与水。我写过：浪是水，浪消失了，水还在。浪是水的形式，水的消息，是水的欲望和表达。浪活着，是水；浪死了，还是水。水是浪的根据，浪的归宿，水是浪的无穷与永恒。

所有的消息都在流传,各种各样的角色一个不少,唯时代的装束不同,尘世的姓名有变。每一个人都是一种消息的传达与继续,所有的消息连接起来,便是历史,便是宇宙不灭的热情。一个人就像一个脑细胞,沟通起来就有了思想,储存起来就有了传统。在这人间的图书馆或信息库存里,所有的消息都死过,所有的消息都活着,往日在等待另一些"我"来继续,那样便有了未来。死不过是某一个信号的中断,它"轻轻地走",正如它还会"轻轻地来"。更换一台机器吧——有时候不得不这样,但把消息拷贝下来,重新安装进新的生命,继续,和继续的继续。

病隙碎笔（六）（节选）

一

一个人对一个人说（碰巧让我听见）："他们提倡爱，可他们挣的钱可不比谁少。""他们"不知是指谁，我听了心里却忽悠悠地一下子没了着落。我知道这问题我心里一直都有，只是敷衍着，回避着，就像小时候听见死，心里黑洞洞的不敢再想。我不能算是穷人，也没打算把财产都捐献出去，可我像"他们"一样，自以为心存爱愿。也许是要为自己辩护，也许不完全是，觉得这问题是得认真想想了。

这问题的完整表述是这样：对所有提倡爱并自信怀有爱愿的人来说，当世界上还有很多人比你贫穷，因而生活得比你远为艰难的时候，你的爱愿何以落实？或者说，当他人的贫困与你的相对富足并存之时，你的爱愿是否踏虚蹈空？甚至，你的提倡算不算是一种虚伪？

二

这确实是个严峻的问题，不容含糊的问题。但想来，这还会是一个令多数人陷于尴尬的问题。因为你很少可能不是一个相对富足

的人,因为贫困之下还有更贫困,更贫困之下还有更更贫困;差别从未在人类历史上消灭过,而且很难想象它终于会消灭。还有一层,贫困的位置其实是谁都不喜欢的,一有机会,这位置很少有人愿意留给自己。这样,依照前述逻辑,还有几个人敢说自己心怀爱愿呢?还有多少爱愿敢说是脚踏实地呢?甚至,爱愿,还剩下多少脚踏实地的机会呢?然而爱愿是要弘扬与实践的,是要蔚然与恒久的呀。可要是依照前述逻辑,爱愿,或爱的信奉,就只少数人够资格享有它了,而且还是在一个随时希望放弃这资格的时间段里。

三

然而,这种注定是少而临时的资格,这种仅以贫富为甄别的爱愿,还是人类亘古期盼的那种爱愿吗?不错,人应当互爱互助,应当平等,为富不仁是要受到谴责的。但是,当受谴责的是"不仁",而非"为富"呀。请稍微冷静些,想一想被溺爱惯坏的孩子吧——爱愿若仅意味着贫富的扯平,它不会成为游手好闲者的倚赖吗?它不会成为好吃懒做者的温床吗?甚至,它不会娇纵出觊觎他人劳动成果的贼目与偷手吗?

于是乎还有一件事也就明白了:在以阶级斗争为纲的年代,爱愿何以越来越稀疏,越狭隘,最后竟弄到荒唐滑稽的地步。比如曾经有过这样的事:公交车上上来一位老人,是否给他让座也要先问问他是贫农还是地主,是工人还是工贼。

四

为贫困者捐资,无疑是爱愿的一种实践,但这就能平定前述那严峻的一问吗？先看看捐资之后怎样了吧。捐资之后，捐资者与受捐者就一样富有了吗？大半不会。大半还会是捐资者比受捐者富有，还会是贫与富并存，贫富之间的差距也不见得就能缩小，因而前述局面并无改观——爱愿依然要面对那严峻的一问，而且依然是不容含糊。除非你捐到一贫如洗。可这样的人有吗？

且慢，这样的人历史中确凿是有几个的！有几位伟人，有几位圣贤，料必也会有几位不为人知的隐者。不过这又怎样呢？事实上他们也只能作为爱愿的引导和爱者的崇尚，不大可能推广。崇尚而不可能推广，这就怪了，这里头有事儿，当然不是咬牙跺脚写血书的事儿。

七

崇尚而不能推广，原因就这儿。平均，原也是多么美好的愿望啊，然而不好意思，人性确凿是有些丑陋。人生来就有差别，不可能都自觉自愿去平均；这是事实而非道理，道理出于事实而非相反。当然爱愿并不满足于事实，这是后话。

那么，强制平均怎样？可强制本身就不平均——谁来强制，谁被强制呢？或者，以强制来使人自觉自愿？这玩笑就开得大了，多半就要成全了强人篡取神位的图谋。倘人言即是神命，对也是对，错也是

《约伯记》插图　　[英] 威廉·布莱克 绘

对，芸芸众生岂不凶多吉少？

人是不可替代神的，否则人性有恃无恐，其残缺与丑陋难免胡作非为。唯神是可以施行强制的——这天，这地，这世界，这并不完美的人性，以及这差别永在、困苦叠生的人之处境，都可理解为神的给定。上帝曾向约伯指明的，就是这个意思：你休想篡改这个给定，你必须接受它。就连耶稣，就连佛祖，也不能篡改它。不能篡改它，而是在它之中来行那宏博的爱愿。

八

必须接受人的罪性。人性并不那么清洁和善美。但幸而，人性中还埋藏着可以开掘的几分明智。这明智并不就是清洁和善美，但因其能够向往清洁和善美，能够看见人的残缺与丑陋，于是能够指望它建立起信仰，以及建立起一种叫作法律的东西，以此弥补人性的残缺，监视和管束人性的丑陋。

法律实出无奈，既是由于人的丑陋，当然也是出于人的爱愿。

贫穷的并不都是因为懒惰，富有的也未必全是靠着勤劳。相反，巧取豪夺也可致富，勤劳本分也有受了穷的。对此，爱愿当然不可袖手一旁。但爱愿曾一时糊涂，相信了平均，结果不单事与愿违，反而引狼入室弄出了强制。

九

但法律不是强制吗？不过，此强制与彼强制有些不同。其一：法律是事先商定的规则，由不得谁见机行事，任意修改。比如足球，并非是由裁判说了算，而是由规则说了算，是为法治，故黑哨也逃不脱制裁。其二：法律是由大家商定的，不是由什么人来强制大家商定的，所以大家才自愿受其制约。又比如足球，一切规则都是为了保持足球的魅力，以赢得人们广泛的喜爱，倘只取决于权势的好恶，看台上寥寥然只坐着几门谁家的亲戚，那足球也就完了。

任何规则，都要有众人的理解与拥护才行，否则不过一纸空文。再比如足球，单是裁判和球员知其规则还不行，球迷要是不懂，这球也甭踢。比如说，自家一输球，看台上就起哄，再输，球迷就退场，那还不如甭踢，先就算你们赢了吧。不过，要是裁判有猫儿腻呢？当然，误判应当理解，偏袒也要忍耐而后申诉，但若有人以权压众，包庇、怂恿黑哨呢？甚至事先就已排定了比赛的结果呢？球迷们那就给它一大哄吧，然后退场——此乃义举，算得上护法行动。

十

法律不担保均贫富，正如规则不担保比赛结果。要是有谁担保了比赛结果，没问题，你把他告上法庭。可要是有人担保了均贫富呢？人们却犹豫，甚至可能拥护他。就算发此誓愿者确无他图，可历史上有谁真正做到过均贫富吗？真正做到，同时又不损害人的自由，可能吗？就比如，有谁能让大家自由奔跑，又保证大家跑得一样快吗？有谁能把这山高谷深日烈风寒的行星改造得"环球同此凉热"吗？

骂一骂富人这很容易，甚至也不都是毫无理由，社会的不公既在，经常也就需要一些敏锐甚至挑剔的眼睛。不过另有一种可能：这愤怒其实比前述的尴尬还不如。尴尬是因为能够反躬自问，而比如说喊着"开'奔驰'的出去"的（听说最近上演着一出话剧，剧终时，剧中人便高亢地向观众这样喊），大约从未反观自己，否则他不难看出还有比他更贫穷的人，那么他出不出去呢？都出去了，只剩一个最穷的人，戏还怎么演呢？

十一

尴尬是一种可贵的能力。因为，反躬自问是一切爱愿和思想的初萌。要是你忽然发现你处在了尴尬的地位，这不值得惊慌，也最好不要逃避，莫如由着它日日夜夜惊扰你的良知，质问你的信仰，激活你的思想；进退维谷之日正可能是别有洞天之时，这差不多能算规律。

比如说，法律，正就是爱愿于尴尬之后的一项思想成果。而且肯定，法律的每一次完善，都是爱愿几经尴尬之后的别开生面。斥骂的畅快，往好里说是童言无忌，但若挺悠久的一种文化总那么孩子气，大半也不是好兆。比如说，那就为诘问备好了麻木，以愤怒代替了思考，尴尬倒是没了，可从此爱闹脾气。反躬自问越少，横眉冷对越多，爱愿消损，思想委顿，规则一旦荒芜，比如说足球吧，怎么踢呢？很可能就会像一个自闭的儿童，抱了皮球，一脚一脚地朝着墙壁发狠，魔魔道道地自说自话。

十二

但是"朱门酒肉臭，路有冻死骨"，这事可怎么说？谁敢说这样的事已经没有？那么法律，对这样的结果也是听之任之吗？规则不是不担保结果吗？

但这不是结果呀，这正是法律或规则的起因。"朱门酒肉臭"

先放一放再说，"路有冻死骨"则是在要求着法律的出面与完善。人有生的权利，有种种与生俱来的平等的权利，此乃天之赋予，即神命，是法律的根据。再比如足球，游戏规则是人订的，但游戏——游戏的欲望、游戏的限制、游戏的种种困阻和种种可能性，都是神定。这简直就是人生的比喻，人世的微缩，就像长河大漠就像地久天长就像宇宙无垠就像命运无常，都是神的给定，是神为使一种美丽的精神得以展开而设置的前提。这不是规则的结果，而是对规则的呼唤，是规则由之开始的地方。在这一切给定之后，神说：人生而平等（不是平均）。生，乃人之首要的平等权利。因而，倘有穷到活不下去的人，必是法律或规则出了问题，是完善它的时候，而非废弃它的理由。

十三

可要是这么说，是不是就有点儿可笑？法律既定，一有"冻死骨"，你就说这不是结果，这是法律的开始之地，是法律需要完善的时候，那法律还有什么权威？它岂不又是任人打扮的小姑娘了？非也，这不是任人打扮，这是神命难违。法律也不是绝对权威，绝对的权威是神命：人有生的权利！倘这儿出了差错，错的一定是人，唯去检点和完善人订的规则，切不可怀疑那绝对的命令。

可要是一个游手好闲之徒穷得活不下去了呢？也得白白送给他衣食住所吗？是的，也得！穷，但不能让他穷到活不下去，这正是担保平等但不担保平均，担保权利但不担保结果呀。情愿如此潦倒而生的人，也是背弃了神约，背弃了爱愿（他只顾自己），但神不背弃任何人，爱愿依然照顾着他，随时为他备下一个平等的起点。

十四

幸而情愿这样潦倒而生的人并不多。更多的人,更多的时候,是听得见神的要求的。爱愿,不能是等待神迹的宠溺,要紧的一条是对神命的爱戴,以人的尊严,以人的勤劳和勇气,以其向善向美的追求,供奉神约,沐浴神恩。

从报纸上读到一篇文章,说是这世界上的某地,其监狱有如宾馆,狱中的食物稍不新鲜囚犯们也要抗议,文章作者(以及我这读者)于是不解:那么惩罚何以体现?我们被告知:此地的人都是看重自由的,剥夺自由已是最严厉的惩罚。又被告知:不可虐待囚徒,否则会使他们仇视社会。这事令我感动良久。这样的事出于何国何地无须计较,它必是出于严明的法律,而那法律之上,必是神命的照耀。唯对热爱自由、看重尊严的人,惩罚才能有效,就像唯心存爱愿者才可能真有忏悔。否则,或者惩罚无效,或者就复制着仇恨。没有规矩何出方圆?没有神领又何出规矩呢?爱愿必博大而威赫地居于规则之上。

十五

法律或规则既为人订,就别指望它一定没有问题。无法无天的地方已经很少,但穷到活不下去的却大有人在。比如有病没钱治的。比如老了没人养的。比如,设若资本至尊无敌,那连本钱都凑不足的人可怎么起步?比如我,一定要跟刘易斯站在一条起跑线上,不等着做"冻死骨"才怪。所以有了残奥会。残奥会什么意思?那是说:爱愿高于规则,神命高于人订。换言之:规则是要跟随爱愿的，人订是要仰仗神命的。但残奥会也要有规则，其规则仍不担保结果，这再次表明：神命并不宠爱平均，只关爱平等。残奥会的圣火并不由次神点燃，故其一样是始于平等，终于平等。电视上有个定期的智力比赛，这节目曾为残疾人开过一期专场，参赛者有肢残人，有聋哑人，有盲人，并无弱智者，可这一期的赛题不仅明显的容易，而且有更多的求助于他人的机会，结果是全部参赛者都得了满分。我的感受是：次神出面了。次神是人扮的，向爱之心虽在，却又糊涂到家，把平等听成了平均。

十六

很久了，我就想说说尿毒症病人"透析"的事。三年前我双肾失灵，不得不以血液透析维持生命，但透析的费用之高是很少有人能自力承担的，幸而我得到了多方支援，否则不堪设想。否则会怎样？一是慢慢憋死（有点儿钱），二是快快憋死（没钱）。但憋死的过程是一样的残酷——身体渐渐地肿胀，呼吸渐渐地艰难，意识怪模怪样地仿佛在别处，四周的一切都仿佛浸泡在毒液里渐渐地僵冷。但这并不是最坏的感觉，最坏的感觉是：你的亲人在一旁眼睁睁地看着你，看着这样的过程，束手无策。但这仍不见得是最坏的感觉，最坏的感觉是：人类已经发明了一种有效的疗法，只要有钱，你就能健康如初，你就能是一个欢跳的儿子，一个漂亮的女儿，一个能干的丈夫或是一个温存的妻子，一个可靠的父亲或是一个慈祥的母亲；但现在你没钱，你就只好撕碎了亲人的心，在几个月的时间里一分一秒地撕，用你日趋衰弱的呼吸撕，用你忍不住的呻吟和盼望活下去的目光撕，最后，再用别人已经康复的事实给他们永久的折磨。谁经得住这样的折磨？是母亲还是父亲？是儿子还

是女儿？是亲情还是那宏博的爱愿？

十七

我有过这样的经历，幸而经历到一半时得到了救援。因而我知道剩下的一半是什么。我活过来了，但是有不得不去走那另一半的人呀。我闭上眼睛不去看他们，但你没法也闭上心哪。我见过一个借钱给儿子透析的母亲，她站在透析室门外，空望着对面的墙壁，大夫跟她说什么她好像都已经听不懂了。我听说过一对曾经有点儿钱的父母，一天一天卖尽了家产，还是不能救活他们未成年的孩子。看见和听见，这多么简单，但那后面，是怎样由希望和焦虑终于积累成的绝望啊！

我听有位护士说过："看着那些没钱透析的人，觉得真还不如压根儿就没发明这透析呢，干脆要死都死，反正人早晚都得死。"这话不让我害怕，反让我感动。是呀，你走进透析室你才发现（我不是说其他时候就不能发现）最可怕的是什么：人类走到今天，怎么连生的平等权利都有了疑问呢？有钱和没钱，怎么竟成了生与死的界线？这是怎么了？人类出了什么事？

如果你再走进另一些病房，走到植物人床前，走到身患绝症者的床前，你就更觉荒诞：这些我们的亲人，这些曾经潇洒漂亮的人，这些曾经都是多么看重尊严的人，如今浑身插满了各种管子，吃喝拉撒全靠它们，呼吸和心跳也全靠它们，他们或终日痛苦地呻吟，或一无知觉地躺着，或心里祈盼着结束，或任凭病魔的摆布。首先，这能算是人道吗？其次，当社会为此而投入无数资财的同时，却有另一些人得了并不难治的病，却因为付不起医疗费就耽误了。这又是怎么了？人类到底出了什么事？

十八

　　出了什么事？比如说，高科技在飞速发展，随之，要想使一个身患绝症的人仅仅保持住呼吸和心跳，将越来越不是一件难事了，但它的代价是越来越多的资金投入。一方面，新的医疗手段和设备肯定是昂贵的，其发展的无止境意味着资金投入的无止境。另一方面，人最终都要面对死亡，如果人的生存权利平等，如果仅仅保持住心跳和呼吸也算生存，那么这种高科技、高资金的投入就更是无止境。两个无止境加起来，就会出现这样一种局面：有限的社会财富，将越来越多地用于延长身患绝症者的痛苦，而对其他患者的治疗投入就难免捉襟见肘了。

　　决没有反对科学发展的意思。但是，随着高科技的发展，医学必然或者已经提出一些哲学问题了。医学已不再只是一门救死扶伤的技术，而是也要像文学和哲学那样问一下生命的意义了，问一下：什么是生？什么是死？生的意义如何？以及，"安乐死"是否正当？

二十三

　　人热爱自然，但料必没人会说人等同于自然。人既是自然的一部分，又是从自然中升华出来的异质，是异于自然的情感，异于物质的精神，异于其他物种的魂游梦寻，是上帝之另一种美丽的创造。上帝是要"乘物以游心"吧？他在创造了天地万物之后又做了一点手脚（比如抽取了亚当的一条肋骨，比如给了女娲一团泥巴），为的是看看那冷漠的天地间能否开放出一种热情，看看那热情能否张扬得精彩纷呈，再看看那精彩纷呈能否终于皈依他的爱

愿。人热爱自然正如人珍重自己的身体，人不能等同于自然正如人要记住上帝的期待，否则自然无思无欲无梦无语，有了大熊猫等等也就足够，人来干吗？

依我浅见——绝非谦虚，我甚至有点儿不敢说但还是说吧：中国文化的兴趣，更多的是对自然之妙构的思问，比如人体是如何包含了天地之全息，比如生死是如何像四季一样轮回，比如对天地厚德、人性本善的强调。这类思问玄妙高深精彩绝伦，竟令几千年后的现代物理学大为赞叹！所以中国人特别地喜欢顺其自然，淡泊无为，视自然为心性的依归。但那异于自然的情感呢，就比较地抑制；异于自然的精神呢，就比较地枯疏。所以，中国人的养身之道特别发达，对生命意义的追问就不大顽固。

二十四

反对"安乐死"，看身患绝症者饱受折磨与屈辱而听之任之，大约都是因为不大过问生命的意义。人不是苟活苟死的物类，不是以过程的漫长为自豪，而是以过程的精彩、尊贵和独具爱愿为骄傲的。医学其实终不能抗拒死亡，人到底是要死的这谁都明白，那么医学（以及种种学）到底是干什么用的呢？其实，医学说到底仍只是一份爱愿，是上帝倡导爱愿的一项措施，是由之而对人间爱愿的一次期待。当有人身患绝症，生命唯饱受折磨而无任何意义之时，其他人却以顺其自然为由而袖手一旁，人间爱愿岂非自寻其辱？上帝的期待岂不就要落空？

"安乐死"还是不应该吗？还是要"自然而然"地任那绝症对人暴施折磨和侮辱吗？难道还有谁看不出"安乐死"并不是要取消人之生的权利，而是要解除那残酷的刑罚，是在那疑难的一刻仍要信奉神命、行其爱愿吗？神命难违，神不单给了人生的权利，还给了人自由的权利和追求幸福的权利。

二十五

神命不可违。可我心里一直都有个疑问：神是谁？神在哪儿？其实，哪一份神命不由人传？哪一种神性不由人来认信？哪一位先知或布道者不是人呢？如此，神还有什么超凡独具？还有什么绝对权威？谁不能造一个乃至若干个神出来，然后挟神以令众生？神岂不又是任人打扮了吗？

除非神亲临作证。除非神迹昭然——比如刹那间使饥饿的流民获得食品，转眼间使病残者康复如初。除非神于此刻亲宣其命，众目皆见，众耳皆闻。但是第一，真正见过神迹的人很少，通常都是人传，你可以信也可以不信。第二，因上述神迹而皈依信仰者，信的未必是神命，多半是看重了神的馈赠，这就难免又发展成对实利的膜拜，和对爱愿的淡忘。

那么，可有并非人传，而是众目皆见众耳皆闻的神迹吗？有啊，有啊！我们头上脚下的这个气象万千的星球不是吗？约伯终于对之说"是"的一切，不是吗？为什么把一根木棍变成蛇算得神迹，沧海桑田、日走星移倒不算？为什么点石成泉算得神迹，时时处处的"山重水复"和"柳暗花明"倒不算？为什么天地之种种慷慨的馈赠算，而世间之种种严酷的困阻就不算？

二十六

神命不可违，神命就得是一种绝对的价值要求，只可被人领

悟,不能由人设定。故,那样的价值要求必得是始于(而非终于)天赋的事实(比如说"第一推动"),是人智不能篡改而非不许篡改的。不许,仍是人智所为,不能,才为人力不逮。那是什么呢?那正是神迹呀!这天之深远,地之辽阔,万物之生生不息,人之寻求不止的欲望和人之终于有限的智力,从中人看见了困境的永恒,听见了神命的绝对,领悟了:唯宏博的爱愿是人可以期求的拯救。

为什么单单是爱愿呢?恨不可以吗?以及独享福乐,不可以吗?恨与享乐,不过是顺从着人之并不清洁善美的本性,那是任何物种都有的自然倾向,因而那仍不过是顺其自然,并未看见人智之有限,并未听懂那天深地远之中的无声天启。那样的话,仍是只要有着大熊猫等等就够了,这冷漠的世界仍难升华出美丽的精神。所以,终于(而非出于)自然的拯救算不上拯救;断灭一切欲望以达无苦无忧的极乐之地,那是人的臆想,既非天赋事实,又非天启智慧,那才是出于人之妄念,终于人之无明吧。

二十七

我想,哪种文化也不是"第一推动",哪种宗教也都不是"绝对的开端",它们都是后果,或闻天启而从神命,或视人性本善为其圭臬。"第一推动"或"绝对的开端",只能是你与生俱来的、躲不开也逃不脱的面对。唯在此后(无论是对于个人,还是对于人类)才有了生命的艰难,精神的迷惘,才有了文化和信仰,理性和启示,或也才有了妄念与无明。倘不是从这根本的处境出发,只从寺庙或教堂开始,料必听到的只是人传。

这又让我想到了文学,想到了"写作的零度"。只从经济、政治出发则类似数典忘祖,只从某种传统出发则近乎原地踏步,文学的初衷原是在那永不息止的"推动"与"开端"中找到心魂的位置。所以，文学料必在文学之外，论文料必在论文之外，神命料必在理性之外，人的跟随料必在现实之外。

二十八

比如说"己所不欲，勿施于人"，此语虽是人言，却既暗示了人不能篡改的天赋事实，又暗示了人要超越其自然本性的方向。己所不欲，意味着人之有欲，且欲之无限——这是天赋事实。人欲无限，则可能损及别人（他者），而为别人（他者）所不欲——这也是天赋事实。人在人群，每个人就都是自己也都是他人，人类是万灵万物之网的一脉，个人又是人类整体之一局部——这是人之独闻的天启，人于是恍然而悟：原来如此，唯整体的音乐可使单独的音符连接出意义，唯宏博的爱愿是人性升华的路径。所以爱愿不是人的自然本性，而是人超越大熊猫等等而独具的智慧，是见自然绝地而有的精神追寻，是闻神命而有的觉醒。

二十九

神，当然不是理性推导出来的，但却是理性看到了理性的无能才听见的启示。我不大相信理性走入绝地之前的神，那样的神多半是信徒期求优待——今生不可那就来世——所推举的偶像；优待哪有个完呢？弄来弄去便与贪官纵容自己的亲朋同流，结果是爱愿枯萎，人间唯多出几个乱收费的假庙。

理性走入绝地，有限的人智看见了无限的困阻，人才会变得谦恭，条条计策终见迷茫，人才在服从与祈祷中听见神命。但我还是

不大相信这时就可以弃绝理性，因为那绝地之上等着人的除了倡导爱愿的神还有别样的神，比如还有道破人生苦短、号召及时行乐的神。价值相对主义可能会说：诸神平等，怎么都行。但怎么都行不等于怎么都好，保护大熊猫不等于人也要做大熊猫。或有人说：大熊猫怎么了？人还不如大熊猫呢！那人也不如耗子吗？就算也不如，那圣雄甘地如不如希特勒呢？还是不如？那好，大家提防着你就是。所以还得提防着价值相对主义。

人居各地，习俗不一，人在人群，孤独无二，魂拘人身，根本的困境与救路都是一样的。受贿的神受不同的贿，指引爱愿的神却并不因时因地而有改变。

三十

物质至上，并非一国一地之歧途，而是全人类的迷失。一切政府的共同目标是什么？全球各地的斗志昂扬都基于什么？无不是国民生产总值的增长，以及消费指数的增长；增长增长再增长，似乎人类的前途、生命的意义全系于物质占有和消费水平的可持续增长。这样的竞赛之下，谁还顾得上地球？谁还顾得上生态？相互的警告与斥责，不过是五十步恨百步，或百步对五十步的先期防范，讨价还价中哪还有什么爱愿和理性？完全像贪婪的子孙在争夺父母（地球）的遗产。本来嘛，做买卖的谁不想赚？非要让先赚的让着后赚的，一百步等着五十步，实在也是不通事理。可是话说回来，五十步恨百步也未必是恨其掠夺地球，也未必是恨那消费模式腐蚀着人类灵魂，更可能是恨着自己的手慢，好东西先都让别人拿了去。如此这般地增长了再增长，赚了又赚，五十望一百，一百望一千一万，结果无非是地球日益枯萎，人间恨怨飙升。而这未必只是政治、经济问题（把这仅仅看作政治、经济问题，我疑心那还是中着物欲的魔法，还是像五十望一百而不成时的心理不平衡），多半是信仰出了毛病，是如林语堂所说：近二千年来人已经听不懂神的声音。岂止听不懂，是干脆不要听，是如陈嘉映所说："生活真容易变得有趣，所以没有人思考。"诗意地栖居吗？就怕诗人早也认同了饭局中的操作与推销。

三十一

有位一向自诩关怀生命意义的老友，忽一日自信看透了人生，说："咳，什么意义不意义、道德不道德的，你说是不是？"不小心我说了"不是"。场面于是有些沉闷，大家对坐无言，然后避开这话题胡乱说些别的。但我知道他心里在说什么——"虚伪！"我也知道这一句谴责后面的理由——"老实说，你不看重名利？"我还知道支持这理由的所谓看透——"什么信仰呀爱愿呀，这个呀那个呀，说说罢了，人生实实在在，不过死前的一次性消费，唱高调的不是傻瓜就是装蒜。"

虚伪，这两个字厉害，把它射向诚实，效果多佳。比如黄色小说的自卫反击："各位的做爱难道不是这样？为何不从实招来？"想想也是，诚实于是犹豫。黄色见状，嘴上或心里必是脆脆的一声："虚伪！"诚实容易被这一声断喝吓糊涂，其实呢，黄色只见了性爱之形同，而难识心魂之异彩——本来嘛，爱情之要，原是黄色的盲区。不过"虚伪"二字真是厉害，它所以百发百中，皆因人非圣贤，谁心里没有一些阴暗和隐藏？但这些可能是污浊的品质，恰是人应当忏悔和道德不可或缺的缘由，怎能借坦荡与实在之名视其为正当？这差不多是个悖论：你说他虚伪，是因其知污浊而隐藏，你

说那隐藏的并不污浊,甚至美妙到可供炫耀,那虚伪岂不要换成谦逊了?

上述的虚伪固然不是美德,但毕竟留了一份美好的畏惧在头上,而上述的坦荡和实在,则无所畏惧到彻底不识了好歹。好与歹,岂可由实在引出?好与歹根本是心魂的询问。难怪价值相对主义说怎么都好,它是执实在而不思不悟,助人欲以坦然胡行。有了美好的畏惧在,虚伪则可望迷途知返,人便有了忏悔的可能。我有时设想,最不可救药的虚伪什么样儿?比如说,有一天忏悔也不是因为看见了自己的污浊,而是追随着时髦,受洗也不是为了信守神约,而是看它为一枚高雅的徽标,信仰呀爱愿呀都跟把黑发染黄一样成了美容店的业务,那才真叫麻烦。

三十二

但爱愿都是什么呢?如何才算是爱愿呢?爱愿既然高于规则,它就不能再是规则。爱愿既然是天启,它就不能又是人说。比如,爱愿之紧要的一条是爱他人,这分寸如何把握?就算"己所不欲,勿施于人"是一种可能的把握,但它也只说出了问题的一面,另一面——己之所欲,怎样呢?务施于人吗?你欲丰衣足食,务使别人也丰衣足食,你欲安居乐业,务使别人也安居乐业,这当然好。但是,你欲欺世盗名,也务使别人偷梁换柱吗?你欲做伪证,也务使别人知法犯法吗?显见是不行,那是教人作恶呀。那么,你欲捐资扶贫,你欲安贫乐道,你欲杀身成仁,这总不是恶了吧?那么,别人也都得这样吗?你说不必。你甚至说,强迫捐资岂非掠夺?强使乐道,道将非道;强逼成仁,仁安在哉?如此说来,自扫门前雪吧,不如少管别人的事。人欲乘凉,我独种树;人欲出人头地,我看平常是真。相安莫扰各行其是，岂不天下都乐？可是有个别人叫希特勒，他要打仗，还有几个别人叫"四人帮"，他们要焚书坑儒，怎么办？你可能会说：这已经跑题了——倘其自己跟自己打，自己烧自己的书，请便，但你把仗打到别人头上，那就违背了"己所不欲，勿施于人"的圣训，故此一条圣训已经把话说全。就算是这样吧，那么"勿施于人"要不要务施于人呢？要，是"勿施"之否定；不要，是否定了"勿施"。你说：还是独善其身的好。但这是绕圈子，希特勒打来了，"四人帮"烧来了！你说：那正是因为是他们违背了圣训呀！倘人人尊此训而独善，岂不众生皆善，哪还会有这些乱七八糟的事？但他们要是压根儿就不信你那圣训呢？好了，不管你是指责他们的违背，还是遗憾于他们的不信，都说明这圣训压根儿就有务施于人的倾向。

三十三

怎么回事？哪儿出了毛病？"务施"者，难免为他人所不欲，故当"勿施"；"勿施"者，又难免误失了圣训，故又当"务施"。那么，"勿施"与"务施"的分寸谁来把握？鱼和熊掌可否兼得？水与火，怎样和谐共处，相得益彰？

但这是能由人说的吗？人一说就是"务施"，就是"勿施"，或就是"误失"，就又要掉进那个逻辑陷阱。

这事必由神说。人，必要从那不可更改的天赋事实（第一推动，或绝对开端）之中，从寂静之中，大音无声之中，谛听天启。

可是先生，你这就不是绕圈子吗？你说你听见了此般天启，我还说我听见了彼般天启呢！这像不像把猴子扮成人，等它说人话？像不像把人扮成神，由他行天道？

三十四

这怎么办?

这怎么办?

这怎么办?

要把这一节写满:这怎么办?

或要用一生来问:这怎么办?

人将听见,那无穷之在莫不是:这怎么办,和这怎么办?

三十五

在逻辑的盲区,或人智的绝地,勿期圆满。但你的问,是你的路。你的问,是有限铺向无限的路,是神之无限对人之有限的召唤,是人之有限对神之无限的皈依。尼采有诗:"自从我放弃了寻找,我就学会了找到。"我的意见是:自从我学会了寻找,我就已经找到。

叹息找不到而放弃寻找的,必都是想得到时空中的一处福地,但终于能够满足的是大熊猫和竹子,永远不能不满足的是人和人的精神;精神之路恰是在寻找之中呀。寻找着就是找到着,放弃了,就是没找到。就比如,活着就是耗损,就是麻烦,彻底的节约和省事你说是什么?但死也未必救得了这麻烦。宇宙本是一团无穷动啊,你逃得了和尚逃得了庙?天行健,生命的消息不息不止,那不是无穷动吗?人在此动之中,人即此动之一环,你省得了什么事?于人而言,无穷动岂不就是无穷地寻找?

问吧,勿以为问是虚幻,是虚误。人是以语言的探问为生长,以语言的构筑为存在的。从这样不息的询问之中才能听见神说,从这样代代流传的言说之中,才能时时提醒着人回首生命的初始之地,回望那天赋事实(第一推动或绝对开端)所给定的人智绝地。或者说,回到写作的零度。神说既是从那儿发出,必只能从那儿听到。

阅读测评

◆ 任务2：理表格

"史铁生的语言世界"阅读整理

素材类型	原文摘录	我的发现
丰富的口语词汇（方言口头语、口语疑问词、口语拟声词等）	示例："满园子都是草木竞相生长弄出的响动，窸窸窣窣窸窸窣窣片刻不息。"	示例：世界安静到能够清晰听见草木生长的响动，这也暗示着作者的内心，表明作者渴望与万物一起在春天里活泼、自由地成长。

194

续表

素材类型	原文摘录	我的发现
独特的问句句式（疑问、设问、反问等）	示例："我们的一切聪明和才智、奋斗和努力、好运和成功到底有什么价值？有什么意义？我们在走向哪儿？我们再朝哪儿走？……我们真的无路可走真的已入绝境了吗？""过程。对，过程，只剩了过程。对付绝境的办法只剩它了。"	示例：作者在这里连用九个问句，步步追问，问题的意义价值不断上升，引人深思。随后作者给出答案，这是高明之处——他让读者在苦恼之际绝处逢生。设问句式的运用能够让读者在思考与交流中升华思想，让文章读来充满哲理意味。
大量的修辞手法（象征、排比、比喻等）	示例：黄色的花淡雅，白色的花高洁，紫红色的花热烈而深沉，泼泼洒洒，秋风中正开得烂漫。	示例：这里"花"的烂漫象征着对母亲的思念，也象征着母亲生前愿望的实现。

195

续表

素材类型	原文摘录	我的发现
平淡的生活场景的攫取		
哲理化的景物刻画		

◆ 任务3：辑语录

原文摘录	我的感想
示例：但要是"爱"也喧嚣，"美"也招摇，"真诚"沦为一句时髦的广告，那怎么办？唯柔弱是爱愿的识别，正如放弃是喧嚣的解剂。人一活脱便要嚣张，天生的这么一种动物。这动物适合在地坛放养些时日——我是说当年的地坛。	示例：现实的浮躁、喧嚣，容易让人活得自以为是，在史铁生看来，地坛是安静而又充满生机的地方，地坛在浮华的尘世中有着可贵的镇定，它使人远离喧嚣，心魂安定。正是这种安定人心的力量，让他走出人生低谷，找寻到最真实的灵魂，实现了自我超越。我们在生活中又何尝不是如此？

197

◆ 任务5：理表格

"史铁生的情感世界"阅读整理

原文摘录		概括理解
关于"母爱" 示例："每次我要动身时，她便无言地帮我准备，帮助我上了轮椅车，看着我摇车拐出小院。这以后她会怎样，当年我不曾想过。有一回我摇车出了小院，想起一件什么事又返身回来，看见母亲仍站在原地，还是送我走时的姿势，望着我拐出小院去的那处墙角，对我的回来竟一时没有反应。"	概括总结	示例：儿子外出散心，母亲心中无限担忧，以至无法凝神。她曾经无数次去地坛寻找儿子，却不愿让儿子知道，她找寻的脚印和儿子轮椅的车辙一样多。作者用朴实无华的文字刻画出这种人世间最伟大也最无私的爱，触及了每个人心中最柔软的角落，留下足够震撼人心的情感涟漪。
	我的理解	示例：作者曾陷入自怨自艾、喜怒无常的苦闷之中，因此忽略了母亲的爱。当时光过去，提笔回忆时，他的字里行间多了对母亲的愧疚之意。史铁生笔下的"母亲"形象，在我心中留下浓墨重彩的一笔，也让我想起妈妈对我的付出。我也真心希望不辜负母亲给予我的爱，令她成为一个幸福而幸运的母亲。
关于"亲情"	概括总结	
	我的理解	

续表

原文摘录		概括理解
关于"友情"	概括总结	
	我的理解	
关于"爱情"	概括总结	
	我的理解	

◆ 任务8：谈感受

"史铁生的精神世界"阅读整理

原文摘录	我的感想
示例："蜂儿如一朵小雾稳稳地停在半空；蚂蚁摇头晃脑捋着触须，猛然间想透了什么，转身疾行而去；瓢虫爬得不耐烦了，累了，祈祷一回便支开翅膀，忽悠一下升空了；树干上留着一只蝉蜕，寂寞如一间空屋；露水在草叶上滚动，聚集，压弯了草叶，轰然坠地摔开万道金光。"	示例：蜜蜂、蚂蚁、瓢虫，皆是生活中寻常可见的事物，但在史铁生巧笔写来却充满诗意之美。一切都生机勃勃，一切都自由灵动。景的背后是情，是史铁生对生命之美的感悟，对生活之美的温柔注目。这段文字令我感受到无限的安宁与美好，无限的澄澈和纯真，它甚至让我回想起童年的时光，于是我的内心也跟着充盈美好起来！

◆ 任务9：写书信

给史铁生先生的一封信

尊敬的史铁生先生：

  见字如晤。

  纵使那个坐在轮椅上坦然微笑的您已经离我们而去，但读完您的散文集《想念地坛》，您在我心目中却有着巨人般伫立的伟岸形象，我有很多感想迫不及待地想同您说。

您最忠实的读者：
年　月　日

阅读拓展

不幸的命运已经为你规定了承受苦难的角色,那么你还能有什么别的方式来度过你的人生呢?或者说,你还能有属于自己的救赎之路吗?很显然,问题的关键就是在于那个想不透的方式:人到底应该怎样来看待自己的苦难。

思路到了这里,史铁生个人的问题其实早已变成了众生共同的问题,"一切不幸命运的救赎之路在哪里呢?"有论者从"平常心和非常心"的关系来看史铁生的写作,所谓"平常心"的根基所在,是指"他把内在的痛苦外化,把具体的遭遇抽象化,把不能忍受的一切都扔给命运,然后再设法调整自我与命运的关系,力求达到一种平衡"。这种在根本上认可了苦难的命运和不幸的角色,却不是看轻生命自身的残酷和伤痛,而是把这生命的残酷和伤痛从自我中抽离出来,去融入到一个更大也更恢宏的所在之中。这个所在就关系到了"非常心",它是指"以最真实的人生境界和最深入的内心痛苦为基础,将一己的生命放在天地宇宙之间而不觉其小,反而因背景的恢宏和深邃更显生命之大"。……就在这融会了过去、现在和未来,融会了死生的时刻里,史铁生看到了包容任何孤独的个体生命在内的更大的生命本相。

——陈思和:《中国当代文学史教程》

据我所见，史铁生可能是中国当代最具有自发的哲学气质的小说家。身处人生的困境，他一直在发问，问生命的意义，问上帝的意图。对终极的发问构成了他与世界的根本关系，也构成了他的写作的发源和方向。他从来是一个务虚者，小说也只是他务虚的一种方式而已。因此，毫不奇怪，在自己的写作之夜，他不可能只是一个编写故事的人，而必定更是一个思考和研究着某些基本问题的人。熟悉哲学史的读者一定会发现，这些问题皆属于虚的、形而上的层面，是地道的哲学问题。不过，熟悉史铁生作品的读者同时也一定知道，这些问题又完完全全是属于史铁生本人的，是在他的生命史中生长出来而非从哲学史中摘取过来的，对于他来说有着性命攸关的重要性。

——周国平：《读〈务虚笔记〉的笔记》

我们面前终于出现了一位作家，一位真正的创造者，一位颠覆者，他不再从眼前的现实中、从传说中、从过去中寻求某种现成的语言或理想，而是从自己的灵魂中本原地创造出一种语言、一种理想，并用它来衡量或"说"我们这个千古一贯的现实。在他那里，语言是神圣的、纯净的，我们还从未见过像史铁生的那么纯净的语言。只有这种语言，才配称为神圣的语言，才真正有力量完成世界的颠倒、名与实的颠倒、可能世界与现实世界的颠倒；因为，它已不是人间的语言，而是真正的"逻各斯"，是彼岸的语言，是衡量此岸世界的尺度。它鄙视一切伪装的粗痞话，以及一切矫饰的"真心话""童话"，一切自以为有深意的疯话和傻话。它理智清明而洞察秋毫，它表达出最深沉、最激烈的情感而不陷入情感，它总是把情感引向高处、引向未来、引向纯粹精神和理想的可能世界！

——邓晓芒：《灵魂之旅》

铁生在2001年3月间居然有了一次和飞人卡尔·刘易斯的会面。铁生告诉我，因为运动员李彤把自己的文章念给了刘易斯听，这才有了那次与刘易斯的相见。那天上午，他把自己的一些作品送给了刘易斯，刘易斯则回赠以签名的跑鞋。刘易斯拍拍铁生送给他的书，说："我相信这些书一定很棒，可惜我不懂中文，不能看懂它们，这真是个遗憾。"铁生也指指手里的签名跑鞋，说，得到您签名的跑鞋，应该也是特棒的事，可惜我没有健全的双腿，所以也深感遗憾！说完俩人笑着拥在一起，留下了一张珍贵的合影。

　　文学之于铁生，似乎算不上"经国之大业，不朽之盛事"，他说过，"左右苍茫时，总也得有条路走，这路又不能再用腿去蹚，便用笔去找。而这样的找，后来发现利于这个史铁生，利于世间一颗最为躁动的心走向宁静。"然而，他用笔蹚出的这条心灵之路，难道仅仅有着个人救赎的意义吗？

　　或许他就是这样秉持着自己的信念去思考，去写作，去完成自己的一生的，而他的涅槃之路，却烛照了我们，使我们自惭形秽。

——陈建功：《铁生轶事》

名著阅读力养成丛书

朝花夕拾	山海经
白洋淀纪事——孙犁小说	呐喊
湘行散记·从文自传	繁星·春水——冰心诗选
西游记	背影
猎人笔记	想念地坛
镜花缘	昆明的雨
骆驼祥子	紫藤萝瀑布·丁香结
海底两万里	城南旧事
飞向太空港	假如给我三天光明
昆虫记	三大师传
寂静的春天	居里夫人自传
星星离我们有多远	人类的群星闪耀时
傅雷家书	沙滩上的童话
给青年的十二封信	孤独的小螃蟹·大象的耳朵
钢铁是怎样炼成的	小狗的小房子·小柳树和小枣树
名人传	稻草人
雪落在中国的土地上——艾青诗选	项链·神奇咒语
泰戈尔诗选	愿望的实现
唐诗三百首	神笔马良
水浒传	笠翁对韵
世说新语	
聊斋志异	
儒林外史	
格列佛游记	
简·爱	
契诃夫短篇小说选	
我是猫	**更多图书即将面世……**